KB152651

사강의 말

삶은 고독과 사랑으로 가득 차 있다

사강의
말

삶은 고독과 사랑으로 가득 차 있다

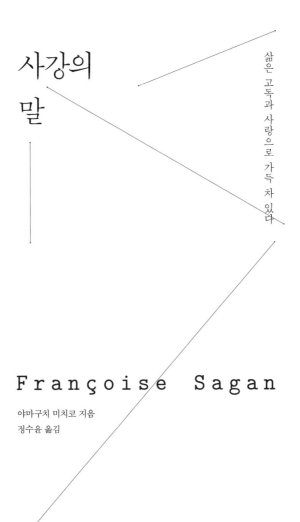

Françoise Sagan

야마구치 미치코 지음

정수윤 옮김

해냄

마음이 따뜻한 사람은
상대가 할 수 없는 일을 바라지 않습니다.

정열적인 연애는
7년 이상 지속되기 어렵습니다.

질투하는 사람은 그 마음을 숨겨야 합니다.
최소한의 예의라고 생각합니다.

너그럽지 못한 사람,
걱정이 없는 사람,
진실을 다 안다는 얼굴을 한 사람,
만사가 만족스러운 사람,
우둔한 사람은 싫습니다.

어렸을 때는 어른스러웠고,
어른이 되어서는 아이 티를 벗지 못하고 있습니다.
그래서인지 지금도 어른들의 가치관을
이해할 수 없을 때가 있습니다.

'세대'라는 말을 그다지 신용하지 않습니다.
결국은 한 사람 한 사람이 가진
이야기에 불과하지 않나요.

CHAPTER Ⅱ 연애와 고독 Love

CHAPTER Ⅲ 우정과 고독 Friendship

CHAPTER Ⅳ 문학과 고독 Literature

CHAPTER V 고독 Identity

프롤로그 :
'고독'과 '사랑'을 테마로 써 내려간 작가,
사강

프랑수아즈 사강.

세계적으로 유명한 프랑스 작가.

그녀는 18세에 쓴 『슬픔이여 안녕』이 성공을 거두며 10대에 세계적인 명성과 막대한 인세를 거머쥐었습니다. 문학적 재능은 물론, 젊음과 독특한 라이프 스타일로 시대의 아이콘이 되었습니다.

세련된 품위가 몸에 배어 있으면서도 파란만장한 삶을 즐기는 모습. 그 격차가 주는 복잡한 매력에, 호불호를 떠나 많은 사람이 빠져들었습니다.

브리지트 바르도보다 먼저 프랑스 남부 생트로페에 근사한 별장을 마련하고, 자유로운 패션으로 바캉스를 즐기는 짧은 머리의 사강.

담배를 피우고, 위스키를 마시고, 밤의 파리를 대표하는 얼굴이 되어 수많은 유명 인사와 염문을 뿌린 리틀 블랙 드레스의 사강.

마음에 내키지 않으면 어떤 자리든 도중에 박차고 나오는 사강.

연인을 대하듯 스포츠카를 애지중지하는 사강.

돈에 집착하지 않고, 돈이 필요한 사람에게 줘버리는 사강.

이런 라이프 스타일을 흉내 내는 사람을 일컫는 '사가니스트'라는 말이 생겨났을 정도입니다. 프랑수아즈 사강은 인기 작가에 그치지 않고 그 자체로 사회 현상이 되었습니다.

그녀가 평생토록 써 내려간 소설의 테마는 '고독'과 '사랑'입니다. 사강의 인생에는 언제나 '글쓰기'가 있었고, 이것은 그녀의 모든 것이었습니다.

파란만장한 생애 🖋

프랑수아즈 사강은 1935년 6월 21일, 프랑스 남서부 카자르크에서 태어났습니다. '프랑수아즈 사강'은 필명이고 본명은 프랑수아즈 쿠아레입니다. 유복한 가정의 3남매 중 막내였던 사강은 가족들의 사랑을 받으며 파리와 카자르크에서 행복한 어린 시절을 보냅니다.

10대 때 성공을 손에 넣고 인기 작가로 세간의 주목을 받던 사강은 기대에 부응하듯 술과 도박, 사치, 병, 마약 문제로 각종 구설과 스캔들을 몰고 다녔습니다.

사생활 면에서는 두 번의 결혼과 두 번의 이혼 이후 아들하나를 얻고, 그 후로도 수많은 애인들과 함께했습니다.

노년에는 마약 소지로 유죄를 받고, 건강을 해쳤으며, 경제적으로 궁핍해지는 등 어려움을 겪었습니다.

그리고 2004년, 69세에 병으로 세상을 떠났습니다.

사강의 눈빛 🖋

굉장한 미인은 아니었지만 사강을 만난 사람들은 물론, 만난 적 없는 독자들까지도 그녀의 강한 매력에 이끌렸습니다.

두뇌 회전이 빨라서 어떤 인터뷰를 하건 상대가 원하는 것을 재빠르게 파악해 재치 있는 답변을 했습니다.

눈빛도 획획 바뀌었습니다. 상대를 깊이 응시하다가 장난스러운 아이의 눈빛이 되기도 하고, 멜랑콜리한 성인 여성이 되었다가 온 세상 심각한 일을 혼자 짊어진 눈빛이 되기도 했습니다. 그렇게 빙글빙글 돌던 눈빛이 마침내는 너그러운 분위기로 자리 잡곤 했습니다.

꾸미지 않은 쇼트커트 머리와 살짝 긴 앞머리 아래로 그런 눈빛이 있었습니다.

사람들이 매료되는 것도 당연하죠. 참 매력적입니다.

절대 지성을 지닌 사람 🖋

사강의 눈빛 속에는 지성, 절대 지성이라 할 만한 것이 있었습니다.

사강을 아는 사람들은 그녀를 말할 때 '지성'이라는 단어를 자주 썼습니다. "그녀만큼 지성적인 사람은 없다", "그녀는 진정한 의미에서 지성 있는 사람이다", "순식간에 그 지성의 포로가 되었다"…….

지성이란 무엇을 말하는 것일까요? 그 답은 사강이 말년에 쓴 작품 『지나가는 슬픔』에 있습니다.

당신에게 지성이란 무엇입니까?

한 가지 문제를 다양한 시점에서 생각하는 능력, 시점을 바꾸어 배울 줄 아는 능력입니다.

지성이라고 하면 어딘가 서늘한 이미지가 떠오르는데, 사강은 그 반대입니다. 그녀의 소설을 읽으면 마음이 따뜻해지고 편안해지면서, 마치 누군가가 포옹을 해주는 듯한 느낌에 사로잡힙니다.

지성이란 무엇인가.

사강이 작품 속에서 말했듯, 그것은 사물을 다양한 각도로 바라볼 수 있는 능력일 것입니다.

지성 있는 사람이란, 하나의 사건을 다양한 시점에서 고찰하고, 필요하다면 자신의 사고방식을 바꿀 줄도 아는 유연성 있는 사람이겠죠. 자유롭기를 갈망하고, 그러므로 다른 사람의 자유를 존중하며, 늘 자기 자신을 주의 깊게 관찰하고 의심하는 사람 말입니다. 사강은 그런 사람이었습니다.

나약한 사람 ✒

하지만 '지성 있는 사람'은 많습니다.

사강에게는 지성과 함께 '나약함'이 더해집니다.

나약함.

이는 '지성'과 비슷한 강도로 사강의 눈빛 깊은 곳에 자리 잡고 있었습니다.

섬세하고 상처받기 쉬운 성격의 사강은 늘 깊은 불안에 시달렸고 고독을 두려워했습니다.

딱 잘라 말하기는 어렵지만, 일반적인 관점에서 사강이 '강인한 사람'인지 '나약한 사람'인지 묻는다면 후자 쪽일 것입니다.

도박은 취미였다고 해도, 술과 마약에까지 의존했다는 것은 사강이 얼마나 나약한 사람이었는지를 말해줍니다.

사강은 인간의 나약함을 잘 알고 있었습니다. 몸소 겪어 아는 것이었기에, 인간의 나약함을 얕보기보다는 인간이 본디 갖고 있는 것으로 받아들일 수 있었습니다.

빛나는 '지성'에 이런 '나약함'이 더해졌을 때, 그토록 매력적으로 사람을 빠져들게 만드는 깊고 부드러운 '관용'의 눈빛이 생겨나는 것이 아닐까요.

인생의 테마는 '고독'과 '사랑' ✒

사강은 사람을 좋아했습니다.

한 사람이 가진 사회적 지위나 소속된 단체 등에는 관심이 없었고, 언제나 '그 사람, 개인'으로서 상대를 보았습니다.

만약 사강이 이력서 양식을 만든다면, 어느 대학을 나왔고 어떤 경력이 있는지 기입하는 칸은 필요하지 않았을 겁니다.

대신에 그 사람이 어떤 책을 읽고 있는지, 사랑하고 있는지, 무슨 일을 하며 행복을 느끼고, 무슨 일 때문에 마음이 갈가리 찢기는지, 어떨 때 고독을 느끼는지, 그런 걸 적는 칸을 만들었겠죠.

"저는 인간과 고독, 인간과 사랑의 관계에 관심이 있습니다. 이것이야말로 인간 존재의 기반을 이루는 요소라고 생각합니다."

사강이 평생에 걸쳐 추구한 것은 '인간 본모습'이며, 이를 논할 때 빠지지 않는 것이 '고독'과 '사랑'이었습니다.

사강은 이것을 멀리서 바라만 본 것이 아니라, 온몸을 던져 받아들이고 만신창이가 되어도 똑바로 응시하며 글을 썼습니다.

사강에게 '고독'은 '인간 존재'와 동의어인 동시에 '늘 자기 자신과 함께하는 것'이었습니다.

그러므로 인간은 필연적으로 고독합니다.

이 사실을 모르는 것은 아니지만, 자기 말고 다른 누군가 가 곁에 없으면 외로워서 어쩔 줄 모를 때가 있습니다. 그 외로움에 속절없이 무너지는 것도 사강이라는 사람이었습니다.

문학, 그리고 인생 ✒

시인 랭보의 『일뤼미나시옹』이라는 책을 우연히 바닷가에 서 펼쳐 읽고, 번개를 맞은 사람처럼 정신이 번쩍 든 사강은 확신했습니다.

"문학이야말로 모든 것이다. 그 사실을 안 이상, 달리 해야 할 일을 찾을 수 없다."

사강은 이 말 그대로의 삶을 살았습니다.

그날 이후 사강은 글을 쓰기 위해 살았습니다. 글쓰기가 삶을 버티게 하는 유일한 지지대였습니다. 살기 위한 버팀목 이자 살고 싶다는 의욕이 들게 만드는, 열정 그 자체였습니다.

문학을 향한 사랑. 문학에 인생을 바친 삶의 방식에는 감 동이 있었습니다. 하지만 그녀의 생활 방식과 사고방식은 세 상과 충돌할 때가 많았고, 그리하여 세상으로부터 받지 않아 도 될 상처를 받기도 했습니다.

또한 '결핍'보다는 '과잉'을 사랑하여 실제로 자기 몸에 상 처를 내기도 했습니다.

그래도 그녀는 마지막까지 자신의 삶을 관철했습니다. 남 자를 사랑하고, 여자를 사랑했으며, 고독에 몸부림치면서도 고독을 응시하고, 인간의 진실을 추구하며 글을 썼습니다.

최선을 다해 자기 자신에 충실해서 자신이 하고 싶은 일을 하며 살았습니다. 그러한 모습은 역시 사랑스럽고 아름다웠습니다.

교과서에는 담을 수 없는 우아함 🖋

"나는 나를 파괴할 권리가 있다."

이는 마약 소지로 체포되었을 때 사강이 한 말입니다.

설령 이 말이 인간의 내면을 꿰뚫어 본 진실이라 한들 교과서에는 실을 수 없는 말입니다. 사강의 삶은 '착한 어린이를 위한 교본'으로는 적절하지 않았습니다. 그런데도, 아니 그러하기에 사강의 말은 더할 나위 없는 진실이었습니다.

사강의 말은 연애관이나 행복관 측면에서도 세간에 떠도는 말들과 달랐습니다.

전혀 다른 각도에서 세상을 바라보는 말들이었습니다. 처음에는 흠칫 놀라지만 시간을 두고 곰곰이 생각해보면 마음에 깊이 남는 무언가가 있었습니다.

또 한 가지 특징은 설교 투가 전혀 없는 것입니다.

사강 본인이 설교, 도덕률, 관습을 싫어했으므로 당연한 일이었고, 누구보다 자유분방한 인생을 살았기에 설교가 어울리지 않았습니다. 이래라저래라 하는 설교 없이 사강은 참으로 우아하게 사물의 본질을 꿰뚫어 보았습니다.

그렇게 뛰어난 문학적 재능으로 인간의 진실을, 미세한 마음의 움직임을, 날카롭고 섬세하게 아름다운 언어로 묘사했습니다.

사강의 언어에는 거짓이 없었고, 인생에 대한 근본적인 물음으로 가득 차 있었습니다. 그런 것들이 사람들에게 깊은 인상을 남겼습니다.

내면적으로 흔들리는 사람.

늘 자문하는 사람.

자유롭기를 열망하는 사람.

인간은 결국 고독한 존재라고, 깊은 밤 외로움에 전율하는 사람.

누구에게도 이해받지 못할 거라고 괴로워하는 사람.

행동의 이유를 많이 생각하는 사람.

선악의 기준이 모호한 사람.

텔레비전을 싫어하는 사람.

한창 열애 중에도 언젠가는 끝날 거라고 객관화하는 사람.

편견을 싫어하는 사람.

덮어놓고 관례를 따르는 사람을 보면 화가 치미는 사람.

집단 광기를 경계하는 사람.

그늘이 있는 사람.

물질보다 정신적으로 풍요로운 삶을 살기 바라는 사람.

사강은 그런 사람이었습니다.

여기에 사강의 말을 모았습니다.

"인간은 고독하게 태어나, 고독 속에 죽습니다. 그렇기에 사는 동안에는 되도록 고독해지지 않으려고 애쓰는 것입니다."

독자분들의 고독이 사강의 고독과 공명하여, 그녀의 흔들리는 눈빛에 위로받을 수 있다면, 저는 무척 기쁘겠습니다.

지성과 고독 ———————————————————

제 책에는 악인도 없고 선인도 없습니다.

제가 느끼기에 인간은

그저 여리고 나약한 존재일 뿐입니다.

저는 따뜻한 마음이
가장 중요하다고 생각합니다.
진정한 지성의 기준입니다.

열등감을 주지 않는다 _{Intelligence}

사람들은 사강에 대해 이야기할 때 '지성 있는 사람이다'
라는 표현을 자주 씁니다.

지성은 '지식 = 무언가를 안다는 것'과는 다릅니다. 사강이
말년에 쓴 『지나가는 슬픔』에 다음과 같은 대화가 나옵니다.

당신에게 지성이란 무엇입니까?
지성은 한 가지 문제를 다양한 시점에서 생각하는 능력, 관점을
바꾸어 배울 줄 아는 능력입니다.

한 가지 사항을 두고 다양한 시점에서 고찰하고, 필요하다
면 자신의 사고방식을 바꿀 줄도 아는 유연성이 지성이라는
말입니다. 자유롭기를 갈망하고, 그러므로 다른 사람의 자유
를 존중하며, 인간에 대해 알고 싶다는 욕구 또한 지성에 요
구되는 조건입니다. 이는 자기 자신을 주의 깊게 관찰하고 의
심할 때 드러납니다.

사강이 대화하는 모습을 보면 깨닫는 것이 있습니다. 사강
이 존경하는 문학가 장 폴 사르트르가 그러하듯, 진정으로
지성 있는 사람은 타인에게 결코 열등감을 주지 않았습니다.
이것은 사강이 말하는 '따뜻한 마음'과도 일맥상통하는 부분
입니다.

마음이 따뜻한 사람은
상대가 할 수 없는 일을 바라지 않습니다.

마음이 따뜻한 사람 Understand

사강이 '진정한 지성의 기준'이라고 했던 따뜻한 마음은 무엇을 말하는 것일까요. 이 개념을 이해하는 데 사강의 다음과 같은 말은 도움이 됩니다.

"마음이 따뜻한 사람은 상대가 할 수 없는 일을 바라지 않습니다."

냉정한 사람은 되고 싶지 않지만 인간은 종종 가까운 이들에게 그 사람이 할 수 없는 일을 바라고는 합니다. 이 경우 마음속에는 대개 자기 본위 내지는 폭력적인 판단이 있습니다.

사강은 가까운 사람이 아무리 나쁜 짓을 했다고 해도 그 사람을 결코 옳고 그름으로 판단하지 않았습니다. 오히려 그 사람의 장점에 눈길을 주었죠. 그 사람에게 없는 성격을 문제 삼는 일은 없었습니다.

"제 책에는 악인도 없고 선인도 없습니다. 제가 느끼기에 인간은 그저 여리고 나약한 존재일 뿐입니다."

여리고 나약한 인간이 최선을 다해 살아가고 있습니다. 그런 인간에게 할 수 없는 일을 요구하는 비정함을, 사강은 잘 알고 있었습니다. 본인이 여리고 나약한 인간이었기에 타인에게 다정할 수 있었습니다.

저는 그때
학대받은 사람을 욕하는 짓은
절대로 용납하지 말자고
결심했습니다.

차별을 용납하지 않는다 ^{Truth}

전쟁이 끝났던 1945년의 어느 날 밤, 열 살이었던 사강은 영화를 보러 갔습니다. 당시에는 영화 상영 전에 뉴스를 내보냈는데, 그때 나치 강제수용소 영상이 흘러나왔습니다. 트랙터가 삽으로 산더미처럼 쌓인 시체를 끌어모으는 광경에, 감수성 풍부한 소녀는 그대로 얼어붙었습니다. 몸과 마음이 일정한 수준 이상의 쇼크를 받아들이기 힘든 나이에, 아무 예비지식 없이 그 장면을 보고 말았던 것입니다. 이 영상은 사강의 뇌리에 강렬하게 남아 평생 지워지지 않았습니다. 인간이 그토록 끔찍한 짓을 저지를 수 있는 존재라는 무섭도록 슬픈 사실이, 사강의 감정 깊숙한 곳에 각인되었습니다.

"저는 그때 유대인을 비롯해 학대받은 사람을 욕하는 짓을 절대로 용납하지 말자고 결심했습니다."

사강의 아들인 드니는 이렇게 말했습니다.

"어머니는 사회적 약자나 인종을 차별하는 발언을 용납하지 않으셨습니다. 유대인을 헐뜯는 손님을 정중히 돌려보내신 적도 있었습니다. 또 초대받은 자리에서 소수자에 대한 차별적인 발언이 흘러나왔을 때, 어머니는 말없이 일어나 제 손을 잡고 그 자리를 떠나셨습니다."

'활발하다'라는 형용사를 좋아합니다.
활발함을 유지한다는 건
일종의 예의이니까요.

활발함은 '예의 바름'^{Polite}

사강의 작품에 담긴 염세주의, 비관주의를 싫어하는 사람들도 있습니다.

"제 작품이 어둡다고 비난하는 사람도 있지만, 저로서는 어쩔 도리가 없습니다. 인간관계란 어려운 것이니까요. 저는 제가 아는 것을 쓸 뿐입니다."

실제 생활에서 사강은 '활발함을 유지한다는 건 일종의 예의'라고 생각했습니다.

그날의 기분이 우울하더라도 그걸 숨기는 건 가능한 일입니다. 그런데도 자신의 음울함을 겉으로 드러내는 건 확실히 태만한 행동이며 상대에게도 실례가 됩니다.

늘 활발한 건 어렵겠지만 그런 상태를 유지하려고 노력하는 행위는 주위 사람에 대한 애정 표현이라고 할 수 있겠죠. 그게 어려울 때는 되도록 사람을 만나지 않는 게 좋을 겁니다.

그렇다면 사강에게 예의란 무엇일까요.

"예의 바름이란 결국 타인을 생각하는 것을 말합니다. 서로 존경하며 살자는 어렴풋한 배려를 안고서 말이죠."

시련이 사람을 성장시킨다는 생각은
말도 안 되는 거짓말입니다.
인간이 불행을 통해 배우는 건
아무것도 없고, 그저 큰 타격을
받을 뿐입니다.
사람은 행복할 때 훨씬 더 많은 것을
배웁니다.

'시련이 사람을 성장시킨다'라는 거짓말 ^{Happiness}

사강은 '시련과 고통과 비참한 경험이 인간을 성장시키며 이는 곧 삶의 자양분이 된다'라는 일반적인 의견에 반기를 듭니다.

"얼마간 불행을 좋아하는 사람들도 있겠지만, 저는 싫습니다. 행복할 때 더 많이 배우고, 더 인간적으로 대응할 수 있으니까요.

저는 제 불행을 언제나 부끄럽게 생각했습니다. 불행은 품위가 떨어진 상태를 말합니다."

사강이 46세에 쓴 『화장한 여자』라는 소설에 이런 내용이 있습니다. 여주인공 클라리스가 훌륭한 연주를 듣고 있는데, 그때 그녀 안에 숨은 누군가가 이렇게 속삭입니다.

"진실은 지금 이 순간, 이 인식 안에 있다."

클라리스가 어렸을 때부터 그녀 안에 사는 무수한 인간 가운데 결코 자기 의견을 굽히지 않는 단 한 사람이 있었다. 행복할 때 그녀가 맞고, 그렇지 않을 때 그녀는 틀리다, 라고 말하는 누군가였다.

아름다운 음악이 인간에게 주는 영향과 행복의 중요성, 그 가치를 말하고 있습니다. '행복할 때가 맞고, 불행할 때는 틀리다.' 이 사고도 늘 사강 안에 있었습니다.

지성과 고독

행복할 때가 맞고;
불행할 때는 틀리다.

제 상식으로, 돈은
그 돈이 필요한 사람들에게
쓰는 것입니다.

독특한 돈 사용법 _{Money}

사강은 돈에 대해서도 독특한 감각을 갖고 있었습니다.

데뷔작 이후 책도 잘 팔려서 막대한 인세가 들어왔지만 그 돈을 순식간에 써버렸습니다.

유복한 어린 시절을 보냈기에 금전 감각이 없었다고 사강 스스로도 말한 바 있는데, 그녀의 돈 씀씀이는 그것만으로는 설명할 수 없는 부분이 있었습니다. 유복하게 자랐어도 저금이 취미인 사람도 있고 구두쇠인 사람도 적지 않습니다.

사강은 무언가를 '소유'하는 데 흥미가 없었기 때문에 아끼던 스포츠카 외에는 고가의 미술품이나 보석을 사지도 않았습니다.

그저 갖고 있는 많은 돈을 돈이 필요한 사람들에게 주었을 뿐입니다.

지인들은 물론 전혀 모르는 사람이 '세탁기를 사고 싶은데 돈이 없다'라고 하면 돈을 보내주었고, '남편의 마음을 붙잡기 위해 성형수술을 하고 싶다'라고 한 독자를 위해 수술비를 내준 적도 있습니다.

'지금 나에게 돈이 있고, 그것을 필요로 하는 사람이 있다. 그래서 쓴다.'

너무나 간단하고, 또 사강다운 발상입니다.

돈이 있다는 것은
비 오는 날 버스를 기다릴 필요가 없다는
뜻입니다.

'저금'은 속된 행위 Saving

"돈이 있으면 비 오는 날 버스가 올 때까지 기다리지 않아도 되고, 비행기를 타고 맑게 갠 나라로 떠날 수도 있습니다."

비행기를 타고 맑게 갠 나라로 떠난다, 사강다운 유머입니다. 금전을 소유하고 저금하는 데 흥미가 없었던 사강에게 돈의 가치가 무엇인지 보여주는 예입니다. 사강에게 돈이란, 그 돈이 필요한 사람들에게 건넬 자유를 얻기 위한 것이자, 비에 젖어 버스를 기다리는 불쾌함을 느끼지 않기 위한 것. 다시 말해 '자유롭기 위한 수단이자 방위 수단'이었습니다.

사강은 저금을 장려하는 사람이 되고 싶지는 않았습니다. 그것은 속된 행위였기 때문입니다.

"어느 정도 냉혹한 마음을 먹지 않으면 부자가 될 수 없습니다. 부는 거절하는 행위와 연결되어 있기 때문입니다. 제 입장에서 보자면 부자는 믿을 수 없는 인간입니다."

돈에 관한 전략과는 무관한 삶을 살았기에, 사강의 노년은 경제적으로 빈곤했습니다.

"그때 돈을 좀 모았더라면 지금쯤 유유자적하며 살 수 있었을 텐데."

이런 말에 사강은 다음과 같이 받아쳤습니다.

"다들 제가 낭비했다고 합니다. 하지만 저는 조금도 후회하지 않습니다."

이런 일만큼은
막아야 한다고 생각했습니다.
그래서 행동했습니다.

정치에 참여한다는 것 ^{Politics}

'작가라면 정치에 참여해야 한다'는 입장을 사강은 반대했습니다. 애초에 '무엇을 해야 한다'는 사고를 싫어했던 거죠.

"본인의 자유가 아닐까요. 어떤 정치적인 문제가 자신과 연관이 있다고 느낀다면 참여하게 될 겁니다."

예를 들어, 프랑스의 지배에 대항한 알제리의 독립운동 (1954~1962) 때가 그러했습니다.

사강은 파리에서 아랍인을 향한 폭력이나, 무기가 없는 알제리인들을 기관총으로 난사하는 장면을 눈앞에서 보았습니다.

"이런 일만큼은 막아야 한다고 생각했습니다. 그래서 행동했습니다. 변화를 위해 정치에 참여한 것입니다."

1960년, 사강은 알제리 전쟁에 반대하는 서명 운동에 동참하고, 당시 드골 정권을 비판하는 글을 잡지에 기고했습니다. 이 일로 사강은 당국이 '반정부 사상을 가진 위험인물'로 관리하는 존재가 되었습니다.

항상 정치에 참여한 것은 아니었지만 자신이 해야 한다고 믿는 일에는 온 힘을 다해 관여했습니다. 이것이 사강이 정치에 참여하는 자세였습니다.

페미니즘의 문제 제기 방법은
종종 빗나가 있다는 생각이 듭니다.

페미니즘에 대한 견해 ^{Feminism}

사강이 서른여섯이 되던 1971년, 그녀는 '343인 선언'에 서명했습니다. 자신의 낙태 경험을 고백하고, 여성의 낙태 자유화를 요구한다는 내용이었습니다. 시몬 드 보부아르, 카트린 드뇌브, 마르그리트 뒤라스, 잔 모로 등 저명한 인사들이 이름을 올렸습니다. 당시 프랑스에서는 낙태가 위법이었고 원하지 않는 임신을 한 경우에는 위험한 불법 낙태를 할 수밖에 없었습니다.

"임신 중절은 사회 계급 문제입니다. 부자들은 이미 다들 스위스 같은 곳에서 중절 수술을 하고 있습니다."

이상하다는 생각이 들자 바로 행동으로 옮겼습니다.

이 문제가 여성해방운동으로 자리매김했지만 사강은 목소리를 높여 주장하지는 않았습니다. 페미니즘을 부정하는 것이 아니었습니다. '성과 성의 투쟁'이라는 부분이 마음에 걸렸습니다.

"어느 시대에나 여성을 잔혹하게 대하는 남성이 있고, 남성을 개처럼 복종시키는 여성도 있으니까요."

'343인 선언'에 서명하는 것이 효과적이라고 생각했고 필요했기 때문에 했을 뿐이라는 입장이었습니다.

자기 자신이 되기를
거부하는 일은,
인류 공통의 크나큰 불행입니다.

'자신의 본모습'과 정반대의 것을 추구하는 불행 ^{Self}

54세에 쓴 소설 『끈』은 결혼 생활에서 겪는 자유와 힘의 관계를 섬세하고 예리하게 묘사한 걸작입니다. 소설 속에서 주인공 뱅상은 아내 로런스를 두고 이런 생각을 합니다.

> 그러니까 아내가 되고 싶어 하는 자화상과 타인의 눈에 비친 아내의 모습, 둘 다 진짜 로런스와는 전혀 달랐다. 나는 이것이야말로 인류 공통의 크나큰 불행이라는 생각이 들었다. 자기 자신이 되기를 거부하는 불행이다. 본래 자신과 상반된 것을 추구하는 정열이 조심스럽게 은폐되면서도 끝없이 용솟음치는 불행이다.

로런스는 '통속적이지 않으면서도 이상적인 꿈을 꾸는 순진무구한 성격의 여성'이 되고자 하지만 사실은 '통속적이고 시니컬하며 성격이 급하고 냉담한 여성'이었습니다.

하지만 본인 스스로는 그렇게 보이지 않으려고 애를 쓰죠.

자신의 본모습과 정반대의 것을 추구하면서 본래의 자신과 너무도 다른 사람이 되고자 하는 행동은, 불행으로 이어진다는 것입니다.

자립이란
자기 자신을 제대로 보고,
자신의 위치를
이해하는 일입니다.

자유란? 자립이란? ^{Freedom}

이는 물론 정신적 자립을 말합니다.

정신이 자립하지 않고서 자유란 없다, 이것이 사강의 견해였습니다.

"자립하면 다른 사람의 의견이나 세상 풍조에서 자유로울 수 있습니다. 예를 들어 행복해지려면 이렇게 해라, 같은 멍청한 슬로건에서 자유를 얻을 수 있죠. 자립이란 트레이닝이 필요한 근육과도 같습니다."

여기서 트레이닝이란, 우선 '자기 자신을 제대로 마주할 시간적 여유를 만드는 일'이며, 그런 다음 '세 시간쯤 혼자가 되어 책을 읽거나 음악을 듣거나 한가롭게 보내거나 생각을 하는, 말하자면 두뇌 근육을 쓰는 일'이라고 사강은 말합니다. 또 이런 말도 남겼습니다.

"자립과 자유는 나의 무기입니다. 자립하여 자유를 찾는 일은 인생에 대한 강한 의욕을 드러냅니다. 저는 자유롭게 살기 위해 정말로 많은 열정을 쏟아부어야 했습니다."

이처럼 사강은 정신적 자립과 자유를 소중히 여겼습니다. 세간, 세상 사람들…… 자신이 아닌 다른 사람들의 생각에 얽매이지 않도록 말입니다.

하고 싶고, 갖고 싶고, 도전하고 싶다.
이건 부끄러운 생각이 아니야.
더는 아무것도 원하지 않고,
할 수도 없고,
하고 싶지도 않은 것이야말로
부끄러워할 일이지.
과한 것보다는 모자란 것을 걱정해.

'욕망 없는 인생'을 거부한다 Denial

아사부키 도미코 번역가의 공로 덕분에 일본에는 사강의 팬이 많았습니다. 1978년 8월, 사강의 나이 43세에 도쿄 제국호텔에서 강연이 열렸습니다. 당시 작가 이쓰키 히로유키와의 대담 장면입니다.

사강 : 저는 뭐든 과하게 해버리는 타입이라서요.

이쓰키 : 마오쩌둥이 이런 말을 했지요. "무언가를 이루기 위해서는 과할 정도로 하지 않으면 딱 좋은 지점까지 가지 못한다." 그래서 저는 늘 과하게 하는 사람에게 존경과 호의를 갖고 있습니다.

사강 : 과하게…… 말하자면 과잉된 지점을 지나야만 진정한 충족을 얻을 수 있다는 이야기겠죠.

50세에 쓴 소설 『지루한 전쟁』에도 이런 대사가 있습니다. 욕망하는 걸 불안해하는 연인에게 여주인공이 하는 말입니다.

"하고 싶고, 갖고 싶고, 도전하고 싶다. 이건 부끄러운 생각이 아니야. 너는 아무것도 원하지 않고, 할 수도 없고, 하고 싶지도 않은 것이야말로 부끄러워할 일이지. 과한 것보다는 모자란 것을 걱정해."

여기에는 '욕망 없는 인생'을 향한 강한 부정이 있습니다.

저는 언제나 게으름을 최대한 활용합니다.

게으름은 소중하죠.

책은 보통 시간을 낭비하면서 완성되니까요.

미래는 '게으름'에 있다 Uselessness

"많은 일을 했다고 자부하는 사람을 별로 좋아하지 않습니다. 제가 그다지 부지런한 편이 아니라서요. 저는 그저 멈추지 않을 뿐입니다. 계속하다 보면 끝에 가서는 보이니까요.

저는 언제나 게으름을 최대한 활용합니다. 게으름은 소중하죠. 책은 보통 시간을 낭비하면서 완성되니까요. 몽상에 빠지고, 아무것도 생각하지 않으면서. 이런 시간을 의미 없다고 생각하거나 지루하다고 생각하지는 않습니다."

하지만 이것은 작가 특유의 상황이 아닐까요.

농땡이 쳤다, 아무것도 안 했다, 그렇게 보이는 시간이 사실은 아이디어를 싹 틔우고, 중요한 발견을 하는 때일 겁니다.

저는 매 순간 자신이 없습니다.

그래서 글을 쓰죠.

자신이 없다는 것이 저의 에너지인 셈입니다.

늘 자신이 없다 Self-confidence

의표를 찌르는 말입니다. 무언가를 달성하고자 안달복달하기보다 잠시 멈춰 서서 생각해보자. 원래 이것을 해야 하는 이유와 목적은 무엇이었나. 이것을 할 필요가 있는가. 내가 정말 바라는 일인가.

사람들은 무언가를 할 때, '왜 그것을 하는지'에 대한 이유와 목적을 생각하기보다 '어떻게 하면 좋을지'에 대한 방법만 생각하는 듯합니다.

사강은 언제나 '생각하는 사람'이었습니다. 생각하고 또 생각해서 생각이 지나칠 정도로.

그 이유를 묻는 말에 사강은 "스스로에게 자신이 없어서가 아닐까요"라고 대답합니다.

"언제나 자신감에 넘치는 사람이 있을까요. 저는 매 순간 자신이 없습니다. 그래서 글을 쓰죠. 자신이 없다는 것이 저의 에너지인 셈입니다.

저는 매일 스스로에게 '나는 어디까지 왔나? 이 문제를 어떻게 생각하나?' 하고 묻습니다. 정확한 답을 알 수는 없지만, 아무튼 늘 생각합니다."

특별한 문제가 있는 건 아니지만,
아무래도 정신적인 휴양이
필요할 것 같아요.

휴식이 필요할 때 Rest

지쳤습니다. 기진맥진했어요. 더 이상 사람을 만나기 싫어져서 혼자 2~3일 집을 떠나기로 했습니다. 어디로 갈지는 아직 모르겠습니다. 파리를 떠나지는 않을 겁니다. 특별한 문제가 있는 건 아니지만 아무래도 정신적인 휴양이 필요할 것 같아요. 레스토랑 예약은 취소해주세요. 아니면 다른 사람과 가도 되고요. 가능한 한 빨리 돌아가겠습니다. 키스를 보내요. 걱정 말아요. 술은 너무 많이 마시지 말길.

어느 날 사강이 적은 메모입니다. 상대는 당시의 파트너였던 밥 웨스토프.

이 메모를 잘 읽어보면 숨어 있는 내용들이 보입니다. 사강이 자기 상태를 그대로 전달한다는 점. 정신적인 휴식을 갖는 데 죄의식을 느끼지 않는다는 점. 파트너에게 자신과 동일한 자유를 준다는 점. 파트너를 걱정한다는 점.

무엇보다 '미안하다'고 사죄하지 않는 점이 아름답습니다. 자신이 한 일을 부끄러워하지 않기 때문이겠죠.

내가 보증할 수 있는 것은
지금 나 자신의 성실함뿐이다.

성실함은 오직 현재에 있다 ^{Honesty}

49세에 쓴 에세이 『내 최고의 추억과 더불어』에는 이런 장면이 나옵니다. 25년 전부터 현재까지 프랑스 남부 생트로페에서 있었던 일을 추억하며 꺼낸 문장입니다.

생트로페는 오늘날까지도 많은 사람에게 '추억의 과대망상메갈로마니'과 '과거에 관한 편집증파라노이아'을 불러일으키는 특별한 마을입니다. 그곳에 대한 추억을 이야기하면서, 사강은 스스로를 돌아봅니다.

생트로페와 나 사이의 심적 관계가 과거에 어땠고, 현재에 어떠하며, 미래에 어떨지에 대한 희비극을 독자 여러분에게 이야기하고자 한다.

하지만 그 내용이 정확하지는 않을 거라고 말합니다.

왜냐하면 기억이란 상상력과 같은 수준으로 변덕이 심하고 예측할 수 없는 것이기 때문에. 지금부터 이야기하려는 것에 관한 완전한 객관성도 완전한 진실성도 보증할 수 없다. 내가 보증할 수 있는 것은 지금 나 자신의 성실함뿐이다.

솔직하고도 성실한 사강의 눈빛이 떠오르는 듯합니다.

상상력이 있으면
상대를 이해할 수 있고,
이해할 수 있게 되면
상대를 존중하게 됩니다.

지성이란 상상력 Imagination

어느 날 사강은 '지성'에 대한 질문을 받고 이렇게 대답합니다.

"지성…… 아쉽지만 그것은 모든 사람이 손에 넣을 수는 없는 사치스러운 것입니다."

지성이 사치다, 사강 본인은 스스로를 '지성 있는 사람'으로 여기지 않았나 봅니다. 하지만 늘 지성에 대해 생각하고 있었습니다.

"상상력은 최대의 미덕입니다. 머리, 가슴, 지능, 모든 것과 연결되어 있으니까요.

상상력이 있으면 상대를 이해할 수 있고, 이해할 수 있게 되면 상대를 존중하게 됩니다. 지성은 라틴어로 '이해하다'라는 뜻입니다."

사강은 인간을 존중하는 일이 대단히 중요하다고 생각했습니다.

"인간을 멸시하는 행위는 참을 수 없습니다."

행위, 행동, 이 또한 중시했습니다.

"사람을 짓밟아버리는 인간이 실은 다정하며 마음에 상처를 입었을 뿐이라는 말 따위는 하지 마세요. 인간은 그 사람이 하는 행동 이외에는 아무것도 아닙니다."

사람을 짓밟아버리는 인간이
실은 다정하며 마음에 상처를 입었을 뿐이라는
말 따위는 하지 마세요.
인간은 그 사람이 하는 행동 이외에는
아무것도 아닙니다.

그때 처음으로 선이라는 것은
제 생각보다 훨씬 더 모호하다는 사실을
깨달았습니다.

선이란 무엇인가 _{Intension}

프랑스가 나치 독일로부터 해방되자, 전쟁 때 독일 편에 섰던 사람들이 공격의 표적이 되었습니다. 예를 들면 독일을 도왔던 여성을 본보기로 강제로 머리카락을 깎이고 거리를 행진하게 하는 일이 있었습니다. 그 모습을 본 사강의 어머니가 화를 내며 말했습니다.

"부끄러운 줄 아세요. 당신들이 하는 짓은 독일인과 똑같지 않습니까."

열 살 나이의 사강에게 '독일은 악'이고, '독일에 대항해 싸운 나라는 선'이었습니다. 하지만 강제로 머리카락이 깎인 여성의 모습과 어머니의 말은 사강에게 큰 영향을 주었고 인생을 관통하는 테마가 되었습니다.

이토록 모호한 선이란 무엇인가. 악이란 무엇인가.

어제까지의 선이 오늘 갑자기 악으로 변할 때가 있습니다. 물론 그 반대도 있죠. 인간 사회의 선악과 도덕은 사회 환경으로 간단히 바뀌어버립니다. 그렇다면 무엇을 믿어야 할까요. 살아가는 동안 믿어야 할 것은 아마도 자기 본연의 자세뿐일 겁니다. 사강이 끊임없이 추구한 '인간의 고독'에는 이러한 내용도 포함되어 있었습니다.

나는 나를 파괴할 권리가 있다.

전부 개인적인 문제이다 ^{Drugs}

1995년, 60세. 코카인 복용 및 소지로 집행 유예라는 유죄 판결을 받았습니다. 많은 사람이 사강을 죄인으로 낙인찍었고 언론에서는 격렬하게 사강을 공격했습니다. 흉기처럼 찔러대는 수많은 마이크 앞에서 사강은 단언했습니다.

"나는 나를 파괴할 권리가 있습니다."

법정에서는 다음과 같이 말했습니다.

"인권 선언에는 '인간은 타인의 자유를 침범하지 않는 한 자유다'라고 나와 있습니다. 저는 제가 원하는 대로 죽을 권리가 있습니다."

"마약 복용을 시인하는 겁니까?"

기자의 질문에 사강은 이렇게 대답합니다.

"그래요. 하지만 그건 제 개인적인 문제니까요."

이 답변에는 사강이 혐오하는 집단 광기에 대한 반발과 인간 사회의 선악과 도덕의 모호함에 대한 추궁이 있습니다.

세상이 히스테릭하게 비난하는 코카인도 수년 전 법률이 개정되기까지는 악이 아니었습니다. 마약을 정당화하려는 것은 아닙니다. 그러나 사강에게는 이것이 '개인적인 문제'라고 하는 의식이 강하게 자리 잡고 있었습니다. 적어도 본 적도 없는 사람들이 던지는 돌팔매를 맞을 만한 일은 아니었습니다.

유일한 도덕은
아름다움에 있습니다.

아름다움이야말로 유일한 도덕 Moral

사강은 '세간에서 통용되는 도덕'을 싫어했고, 그것을 무기로 의심 없이 타인을 공격하는 사람을 싫어했습니다.

자기 자신만을 생각하고, 남을 놀리며 즐거워하고, 돈에 지배되는 사람이 늘어나면서, 도덕적인 우아함과 품위를 잃어버린 사람이 늘고 있습니다.

그렇다 해도 도덕을 대하는 가치관은 시대나 국가에 따라 달라집니다. 도덕관념이 다양하기에 무엇을 기반으로 삼을 것인지 알기 어렵습니다.

이런 상황에서 '아름다움이야말로 유일한 도덕'이라는 사강의 말이 빛을 발합니다.

이 아름다움에는 수많은 의미가 담겨 있습니다.

아름다운가, 아름답지 않은가. 이것을 구분하기 위해 수많은 책을 읽고 영화를 보고 음악을 듣고…… 말하자면 예술에 다가가 자기만의 미의식을 찾아 나서는 것이 중요합니다.

도덕에 대해 사강은 이런 말도 했죠.

"도덕이라는 것이 있다면, 그것은 인간의 기준을 세우기 위해서이지 훈계하기 위해서 존재하는 것이 아닙니다."

연애와 고독 ————————————

사랑한다는 것은 이해한다는 것,
이해한다는 것은 눈감아주는 것,
쓸데없는 참견을 하지 않는 것입니다.

사랑한다는 것은 그저 좋아하는 게
아닙니다.
이해하는 것입니다.
이해한다는 것은 눈감아주는 것,
쓸데없는 참견을 하지 않는 것입니다.

이해한다는 것은 눈감아주는 것 Allow

누군가가 깜짝 놀랄 만한 행동을 했다고 해봅시다.

그래도 사강은 그 사람을 비난하지 않았습니다.

먼저 생각했습니다. 그런 행동을 피할 수 없었던 이유나 약점이 분명 있는데, 그것은 무엇일까 하고요.

사강은 '자기 가치관으로 상대를 대하는 일'에 의구심을 품었던 사람입니다.

나는 옳지 않다고 믿더라도 그것은 나의 가치관일 뿐 상대에게는 옳은 일일지도 모른다. 그렇다면 상대가 원하는 대로 하게 두자. 사강 자신이 상대를 대하듯 상대도 그렇게 해주기를 원하는 사람이었습니다.

"이해한다는 것은 눈감아주는 것, 쓸데없는 참견을 하지 않는 것입니다."

이 말에 공감하지 않는 사람이 많을지도 모르겠군요. 하지만 친구 부모 자식 관계는 물론 인간과 인간이 농밀하게 이어지는 연애 관계에서 대단히 중요한 포인트입니다. 그 사람을 소중하게 생각한다는 의미니까요.

사랑이란
지속적인 애정,
다정함,
강한 그리움.

슬픔이여 안녕 Love

살과 살을 맞대며 같은 공간에서 살아갈 때는 느끼지 못하는 감각이나 보이지 않는 색채가 있습니다.

그 사람을 사랑하게 되어버렸다, 사랑하고 있다, 라고 통감하는 것은 오히려 곁에 있을 때가 아니라 그 사람이 없을 때입니다. 그 사람의 부재에 강한 그리움을 느끼는 것은 연애의 확실한 감정 가운데 하나입니다.

"사랑이란 강한 그리움이다."

사강의 데뷔작인 『슬픔이여 안녕』에 나오는 대사입니다.

17세의 여주인공 세실에게 지적인 성인 여성 안이 말합니다. 사랑이란 '지속적인 애정, 다정함, 강한 그리움'이라고.

안의 말에 세실은 자문합니다.

"내가 지금까지 누군가를 그리워한 적이 있었던가?"

정열적인 연애는
7년 이상 지속되지 않습니다.

정열은 7년 이상 지속되지 않는다 ^{Passion}

평생 애정이 많았던 사강이었지만 '정열적인 연애는 7년 이상 지속되지 않는다'는 견해를 갖고 있었습니다. 이런 농담도 자주 했습니다.

"몸의 세포가 7년마다 바뀌니 마음의 세포가 바뀌지 말라는 법도 없죠."

5년, 6년, 7년 세월이 흐르면서 감정적인 것, 지적인 것, 그리고 상상력마저도 상대에게 속속들이 다 보이게 됩니다. 상대를 좋아하면 좋아할수록 알고 싶고 알리고 싶다는 욕망이 강해질 테니 그 시간은 더 단축될지도 모릅니다.

이 사실을 외면하기보다는 자연스럽게 받아들여야 합니다.

사강은 연애를 왈츠에 비유해 이런 표현을 하기도 했습니다.

"왈츠를 추다가 현기증이 나면 발을 헛디디게 마련입니다."

연애란

자기 이야기를 하고 싶다는 욕구이며,

자신이 존재한다는 것,

심지어 매력적으로 존재한다는 것을

타인의 시선 속에서

인정받고 싶다는 욕구입니다.

인정 욕구 Approval

그 사람에게 나를 알리고 싶다. 내가 이제껏 걸어온 인생을 알리고 싶다.

이런 욕구가 생겼다면 그 사람에게 연애 감정이 싹텄음을 의미합니다.

이야기 자체는 평범해도 그것을 듣는 사람이 자신에게 연애 감정을 품고 있다면 '평범한 이야기'가 아니라 '흥미롭고 자극적인 이야기'가 됩니다. 그리고 상대의 눈빛 속에 매력적으로 비치는 자신을 봅니다.

이것이 연애의 참 좋은 순간입니다. 누군가가 나를 보아주어 내가 지금 여기 분명히 존재한다는 것을 느낄 수 있는 순간입니다.

사강은 오랜 연인 관계에서도 '이야기하고 싶다'라는 기분을 중시합니다.

"행복한 사랑이란 일에 지치는 힘든 하루를 보내고 녹초가 되어 집으로 돌아왔을 때, 그날 하루 일과를 마구 이야기하고 싶어지는 눈빛을 마주하는 일입니다.

사랑이란 무엇이든 다 이야기하고 싶고, 어디든 함께하고 싶은 감정입니다."

사랑이란

무엇이든 다 이야기하고 싶고,
어디든 함께하고 싶은
감정입니다.

사랑이란

때로는 이렇게 요약할 수 있을지도 모르겠다.

오직 한 사람에게만

뭐든 이야기하고 싶은 상태라고.

오직 한 사람에게 _{Only one}

사강은 대화를 대단히 소중하게 생각했습니다. 34세 때 쓴 소설 『찬물 속 한 줄기 햇빛』에 이런 장면이 나옵니다. 주인공 청년 질은 파리에서 아름다운 모델과 동거하며 쾌락을 즐기고 있습니다. 그러던 어느 날 갑자기 노이로제에 걸려 고향으로 돌아갔다가 사교계의 여왕 나탈리 실버넬을 만나 사랑에 빠집니다. 애인이 둘인 상황입니다. 하지만 어느 날 동거하던 여성이 무언가를 물었을 때, 질은 깨닫습니다.

그는 나탈리에게만 그 이야기를 하고 싶었다. 사랑이란 때로는 이렇게 요약할 수 있을지도 모르겠다. 오직 한 사람에게만 뭐든 이야기하고 싶은 상태라고.

몇 명이든 교제는 가능할지도 모릅니다. 하지만 '뭐든 이야기하고 싶다'라는 마음은 정열을 갖고 사랑하는 상대 단 한 사람에게만 생긴다는 말입니다.

사강은 진정한 사랑의 일면을 꿰뚫어 보았습니다.

인간은 결코 한 사람에게
모든 것을 말할 수는 없는 존재다.

절대로 말할 수 없는 것 Loneliness

사강의 네 번째 소설 『브람스를 좋아하세요...』에 이런 장면이 있습니다.

여주인공 폴에게는 동년배의 불성실한 연인 로제 외에도 젊은 애인이 있는데, 젊은 애인과의 관계가 틀어지자 그 사실을 연인 로제에게 이야기합니다.

젊은 애인과 함께 보낸 날이 불행했다고 말하면서 곧바로 "그렇지만 나, 노력은 했어……" 하고 변명합니다. 그러고는 문득 깨닫습니다. 이것은 눈앞에 있는 남자가 아니라 젊은 애인에게 해야 했던 말이라는 것을.

어떤 상황에서도 주의를 기울여야 했다. 왜냐하면 인간은 결코 한 사람에게, 모든 것을 말할 수는 없는 존재이므로.

아무리 친한 사이라고 해도 '그 사람에게만큼은 절대로 말할 수 없는 것'이 있습니다. 온갖 것을 다 이야기하는 상대가 있을지라도, 그 사람에게 모든 것을 다 말할 수는 없습니다. 아무리 좋아하는 사람이라도 모든 것을 다 말할 수는 없다는 사실. '고독'의 핵심이 여기에 있습니다.

인간은
연애할 때나 보통의 삶을 영위할 때도
무언가를 소유하고 싶은 동물입니다.
무서운 일이죠.
타인의 행복을 망각하니까요.

연애와 소유욕 _{Possession}

연애의 의무에 대해 사강은 이렇게 말했습니다.

"나를 사랑해주는 사람을 나도 사랑하는 경우에는, 나를 사랑해주는 사람이 나와 마찬가지로 행복을 느낄 수 있어야 합니다."

사강은 젊은 시절부터 이런 생각을 하고 있었습니다. 상대방의 행복을 방해하는 것은 '소유욕'입니다.

"인간은 연애할 때나 보통의 삶을 영위할 때도 무언가를 소유하고 싶은 동물입니다. 무서운 일이죠. 소유욕은 타인의 행복을 망각하니까요."

소유욕과 독점욕은 연애에 꼭 따라붙게 마련입니다. 하지만 사랑하는 사람이 행복하기를 바란다면 조절해야 하는 감정일 것입니다. 서로가 행복하길 바라며 사랑하고 사랑받는 사람의 표정은 아름답습니다. 사강은 그 모습을 이렇게 표현했습니다.

"저 멀리 무언가가 있습니다. 눈동자가, 잘은 모르겠지만 그리움을 불러일으키는 확실한 무언가가."

질투라는 감정은
늘 기분 나쁘다.
나의 사랑이 살해되고 만다.

질투하는 사람에게 Jealousy

"질투라는 감정은 늘 기분 나쁘다. 나의 사랑이 살해되고 만다."

사강은 질투하는 감정을 아주 싫어했습니다. 하지만 질투의 감정을 품고 마는 때가 있습니다.

그럴 때는 어떻게 할까. 사강은 '질투'를 자기 내면에서 '실망'이나 '슬픔' 같은 감정으로 변환시켰습니다.

세상에는 질투를 미덕이라고 생각하는 사람도 있습니다. 사랑한다면 질투하는 감정이 드는 게 당연하다고, 질투의 크기만큼 사랑하게 마련이라고.

사강은 이런 사람들이 위험하다고 생각했습니다.

"질투하는 사람은 그 마음을 숨겨야 합니다. 그게 최소한의 예의가 아닐까요."

숨기는 것이 어렵다면 그 자리에서 도망쳐야 한다고 말합니다. 사랑에 빠진 사람, 혹은 집착하는 사람과 가까이 있기에 질투로 고통받는 것이고, 그러니 거기서 도망치는 길만이 고통을 더는 방법이라고요. 이는 서로의 행복과도 연결됩니다.

사강은 말합니다. "그게 서로에게 건전하고 유익하잖아요?"

그녀는
사람들이 자신의 머리칼이며 눈동자 색깔,
외모에 대해 이야기하는 걸
한동안 듣지 못했다는 사실을 깨달았다.

어딘가 부족한 애인 Unsatisfied

사강이 30세에 쓴 작품 『항복의 나팔』에 나오는 한 장면입니다.

> "당신은 변함없이 검은 머리칼과 잿빛 눈동자를 가지고 있네요. 정말 아름다워요……."
> 그녀는 사람들이 자신의 머리칼이며 눈동자 색깔, 외모에 대해 이야기하는 걸 한동안 듣지 못했다는 사실을 깨달았다.

주인공 루실은 한 남성이 꺼낸 말을 듣고 남자친구에게서 그런 말을 듣지 못했다는 사실을 깨닫습니다.

애인에게 관심받고 싶고, 나에 대해 이야기해주기를 바라는 마음은 누구나 갖고 있습니다. 외모에 감탄하는 말을 들으면 기분이 좋고, 애인이 다정하게 대해주는 걸 싫어하는 사람은 없을 겁니다. 하지만 익숙한 사이가 되어버리면 그 말을 듣지 못했다는 사실조차 잊어버리기 쉽습니다.

그때 다른 사람으로부터 듣고 싶었던 말을 듣는다면 어떨까요. 나는 이런 말이 쭉 필요했구나, 하고 깨닫게 된다면 말이죠. 바라는 것이 없는 관계성에 무얼 더 바랄까요. 그럴 때 애인은 어딘가 부족한 사람입니다.

이상적인 남성 이야기를 하는 사람은
일반론밖에 모릅니다.
저는 이상적인 남성 같은 것은 모릅니다.
남성을 알 뿐입니다.

연애에서 최악의 죄이자
가장 중대한 배신은
다른 사람을 상상하고 꿈꾸는 것이다.

연애에서 배신이란 Unfaithful

연애에서 배신이란 무엇인가. 42세에 쓴 소설 『흐트러진 침대』에 이런 장면이 있습니다.

여주인공 베아트리체는 쾌락에 대한 죄의식이 없는 아름다운 여배우입니다. 그녀의 애인은 연하의 아름다운 청년 에드워드로 극작가입니다. 어느 날 에드워드가 일 때문에 멀리 떠나 있는 동안 옛 애인 니콜라와 잠자리를 함께 합니다. 베아트리체가 니콜라를 잠자리 상대로 고른 이유는 '에드워드를 향한 일종의 정절'이었습니다.

왜냐하면 니콜라는 입이 무거워서 소문 날 염려가 없고, 처음 하는 상대도 아니었으며, 가슴이 떨리지도 않았기 때문입니다. 말하자면 에드워드 말고 다른 남자를 꿈꾸는 일은 없었으므로 베아트리체에게는 배신도 뭣도 아니었던 겁니다.

> 연애에서 최악의 죄이자 가장 중대한 배신은 다른 사람을 상상하고 꿈꾸는 것이다.

사강에게 배신이란 감정의 배반입니다. 육체의 접촉만 있고 감정이 수반되지 않는 경우는 배신이 아니며, 육체의 접촉이 없더라도 감정이 있으면 배신이었습니다.

"당신은 그 사람을 정말로 사랑하는 게
아닙니다."
"너무 사랑해서 그러는 걸 수도 있잖아요."
"똑같은 말입니다."

지나친 사랑은 사랑이 아니다 _{Excess}

46세에 쓴 소설 『화장한 여자』에서 남녀가 이런 말을 주고받습니다.

여자가 남자에게 말합니다.

"일하는 시간을 줄이고 나와 함께 있는 시간을 늘려달라고 했더니 애인이 불쾌한 표정을 지었어요. 사랑한다면 그 정도는 해줘야 하는 거 아닌가요."

"그렇다면 당신은 그 사람을 정말로 사랑하는 게 아닙니다."

"너무 사랑해서 그러는 걸 수도 있잖아요."

"똑같은 말입니다."

사랑이라는 이름으로 어디까지 자기의 요구를 주장할 것인가. 사랑이라는 이름으로 어디까지 상대의 요구를 들어줄 것인가. 연애의 보편적인 테마입니다.

지나친 사랑은 진정한 사랑이 아닙니다. 자신이 아무리 '사랑하니까'라고 생각해도 상대가 불쾌하게 생각한다면 진정한 사랑이 아니라는 말입니다.

박장대소에는
이성적으로 설명할 수 없는
신비하고 압도적인 힘이 숨어 있다.
함께 웃음을 공유할 수 있느냐 없느냐,
이것은 인간관계에서
결정적으로 중요한 무언가다.

웃음을 공유할 수 있는가 ^{Laugh}

56세에 쓴 소설 『평계』에는 성격도 전혀 다르고 공통점이라고는 거의 찾아볼 수 없는 두 사람이 깔깔대고 웃는 장면이 나옵니다.

박장대소 속에는 이성적으로 설명할 수 없는 신비하고 압도적인 힘이 숨어 있다. 이것은 마치 인간의 미로와 같은 정신 구조 속에서 어쩌다가 소리를 내어 폭발하는 무언가다. 설령 성격적으로 맞지 않는 부분이 있다고 해도, 함께 웃음을 공유할 수 있느냐 없느냐, 이것은 인간관계에서 결정적으로 중요한 무언가다. 육체를 통해 교감하는 사랑의 쾌락과 비슷한 수준으로. (……) 정열적으로 사랑을 나누는 연인 사이라고 해도 이 부분이 걸여되어 있다면 결정적일 때 반드시 문제가 생길 정도로 강력한 요건이다. 언뜻 제삼자가 보기에는 이해하기 어려운 이별도, 거꾸로 전혀 어울릴 것 같지 않은 사랑도, 사실은 서로가 웃음을 공유할 수 있느냐 없느냐가 열쇠인 경우가 많다.

웃음의 공유는 인간관계에서 결정적인 열쇠입니다. 연애 관계에서는 물론이고요.

자기 자신을 사랑하지 않으면서,
두 사람을 동시에 사랑하는 일은
불가능하다.

두 사람을 동시에 사랑할 때 Romance

"두 사람을 동시에 사랑하는 일은 물론 가능합니다."

사강은 말합니다. '사랑의 다른 방법으로' 각각의 관계를 구축하는 것은 가능하다고. 다만 이 경우, 적어도 둘 중 하나에게 더욱 강렬한 사랑을 받아야만 합니다.

사랑하는 사람에게 사랑받을 때 자신이 매력적이라고 느끼기 때문에, 그런 자신의 매력을 다른 사람에게도 보여주고 싶어집니다. 하지만 거꾸로 자신에게 눈길도 주지 않는 사람을 좋아하게 된다면, 자신이 밉게 여겨져 다른 곳으로 마음이 가지 않습니다. 이것이 사강의 생각이었습니다.

이런 생각이 보편적으로 인정받기는 어렵겠죠. "하지만 진실입니다"라고 사강은 단언합니다.

"자기 자신을 사랑하지 않으면서 두 사람을 동시에 사랑하는 일은 불가능하다."

52세에 쓴 소설 『핏빛 수채물감』에 나오는 말입니다.

애정이 많은 사람은 자신에게, 또 타인에게 충분한 애정을 쏟습니다. 그렇지 않으면 자가 중독을 일으키기 때문이죠. 그리고 때때로 타인은 여러 명이 되기도 합니다.

열애란,
평온한 행복감과는 거리가 멉니다.

연애는 불안정 ^{Fuzzy}

사강은 웃으며 연애 경험을 이야기합니다.

"누군가와 사랑에 빠지면 전화 한 통에 얽매이죠. 전화에 매달리고 절망하고…… 진심으로 사랑한다면 평온함은 다 끝나는 거예요!"

열애란 평온함과는 거리가 멉니다. 사강은 말합니다.

"자신의 감정이나 상대의 감정에 완전한 자신감을 가질 수가 없습니다."

이에 대해 마르셀 프루스트 『잃어버린 시간을 찾아서』로 잘 알려진 프랑스 작가가 남긴 좋은 글이 있다며 경애하는 작가의 문장을 인용합니다.

> 그는 사랑하는 사람의 곁에 있어도 사랑한다는 감각을 느끼지 못하는 불쾌함, 안타까움을 느꼈다.

곁에 있어도 마음이 놓이지 않고 안타깝기에 연애는 불안정하고 모호한 것입니다. 그런 감정의 골을 경쾌하고 예리하게 밝혀내는 것이 사강의 소설입니다.

두 사람의 관계가
끝이라고 느낄 때는
지루해지기 시작하는
순간입니다.

끝이 보인다는 예감 The end

"두 사람의 관계가 끝이라고 느낄 때는 지루해지기 시작하는 순간입니다. 너무 지루해서 몸이 배배 꼬일 지경이 되면 도망치는 게 낫습니다."

이는 최악의 사태를 피하기 위해서입니다. 사강에게 최악의 사태는 '더는 아무 말도 하지 않는 식사 시간' 같은 것이었습니다.

연애에서 지루함이란, 상대가 재미없어지는 일이며 상대에 대한 흥미가 사라지는 일을 의미합니다.

연애나 그 밖의 일들에서도 인생의 지루함을 그냥 두는 사람들을 두고 사강은 '인생을 어떻게 살아야 할지 생각하지 않는 사람'이라며 그야말로 '지루한 사람'이라고 말합니다.

연애건 결혼이건,
감정을 오래 지속하는 비결은
알지 못하고,
알아야 할 필요도 느끼지 못합니다.

이상적인 결혼 Marriage

기본적으로 사강에게 연애 상대와 결혼 상대는 같았습니다. 연애와 결혼이 따로따로라고 생각하지는 않았습니다.

"결국 좋은 배우자란 법률상으로도 이어져 있는 좋은 애인입니다. 남편과 애인 사이에 본질적인 차이가 있다고는 생각하지 않습니다."

하지만 매일 같은 집에 살며 같은 침대에서 자면 자극이 없어져서 위험한 '지루함의 늪'에 빠지게 됩니다. 하지만 그건 어쩔 수 없는 일입니다. 왜냐하면 인간은 습관에 애착을 느끼는 습성이 있기 때문입니다. 그게 싫은 사람은 결혼하지 않는 편이 낫다고 사강은 말합니다.

"이상적인 결혼이란, 아침저녁으로 함께 사는 상대가 누구보다 좋다는 걸 뜻합니다."

하지만 이것은 어디까지나 이상적인 이야기입니다. 사강은 자기감정을 죽이면서까지 지속하는 관계에 가치가 없다고 생각했습니다.

"연애건 결혼이건, 감정을 오래 지속하는 비결은 알지 못하고, 알아야 할 필요도 느끼지 못합니다."

저는 지금 마흔세 살이지만
아직 파리에는 저를 사랑하는 남자가
두세 명은 있고,
결혼도 한두 번 더 하고 싶어요.

사랑에 대한 말들 ^{Words}

사강이 일본에 왔을 때, 작가 세토우치 자쿠초와 대담을 한 적이 있습니다. 당시 영상을 보면 두 사람 다 연애를 하나의 테마로 쓰는 작가로서 공감을 나누며 이야기합니다.

세토우치 자쿠초는 당시 56세. 사강보다 열세 살이 많았고 비구니의 모습을 하고 있었음에도, 사강이 그녀를 바라보는 눈빛은 깊이가 있었고 마치 포옹을 하는 듯했습니다.

사랑에 대한 질문을 받자 사강은 장난스럽게 대답했습니다.

"저는 지금 마흔세 살이지만 아직 파리에는 저를 사랑하는 남자가 두세 명은 있고, 결혼도 한두 번 더 하고 싶어요."

많은 사람이 사강에게 끌린 이유를 몇 분짜리 영상으로도 이해할 수 있을 만큼 매력적이었습니다. 그녀가 했던 사랑의 말들이 다시금 빛을 발하는 것처럼 느껴집니다.

일정한 연령이 되면,
사람을 대할 때
자기가 편한 감정만 찾게 됩니다.
상대가 놓인 위치를
자기가 설정하게 됩니다.

'늙음'에 대하여 ^{Age}

'늙음'에 대한 사강의 생각입니다.

연애에 있어서도 마찬가지입니다.

"애인과 함께하는 삶이 자기에게 잘 들어맞도록 생활을 설계하는 여자 친구가 있습니다. 이것이 늙음입니다. 감정이 제2의 본능인 생활 습관을 따르게 되는 것이죠."

연애에 '시간표' 같은 감각을 가져와서 연인과의 관계를 설정합니다. 그리고 돌발적인 무언가, 예상외의 무언가가 일어나는 일을 거부합니다.

사강은 이를 '어두운 승리'라고 표현했습니다.

50대에 접어들면 인간은 이렇게 살기 쉽고, 안정과 안이함을 선택하게 됩니다. 이제 와서 상처받고 싶지는 않기 때문이죠. 하지만 그렇게 나이를 먹으면 진정한 만족감을 느낄 수 있을까. 사강은 50대에 접어들어서도 안심과 안정이 싫었습니다. 이유는 간단했습니다. 지루했기 때문입니다.

아무도 자신에게
매력을 느끼지 않는다고 믿는 순간,
사람은 늙습니다.

'욕망의 대상'이 아닌 나 ^{Target}

50세를 넘어서도 사강은 사랑이 많은 여성이었습니다.

늙는다는 것은 자신이 욕망의 대상에서 지워졌을 때이며, 이는 나이와는 전혀 관계가 없다고 사강은 말합니다.

예를 들어 같은 50세라도 욕망의 대상이 되는 사람과 그렇지 않은 사람이 있습니다. 이것은 사강의 말처럼 나이가 문제는 아닙니다. 60대나 70대에도 욕망의 대상이 되는 사람이 있으니까요.

"나이가 드는 건 두렵지 않습니다. 다만 외출을 하더라도 아무도 제게 매력을 느끼지 않는 일이 두렵습니다.

아무도 자신에게 매력을 느끼지 않는다고 믿는 순간, 사람은 늙습니다."

연애에 대한 흥미, 호기심, 기대감을 꾸준히 가지고 있는가. 감정에 윤기가 흐르고 있는가. 의식이 말라버린 것은 아닌가.

이것이 나이에 대한 사강의 기준이며, 어쩔 수 없는 사강의 세계관입니다.

우정과 고독 ──────────────

정말로 현명한 사람은
남을 괴롭히지 않는다는 걸
그 사람에게서 배웠습니다.

친구란,
너무 무관심해도 잃어버리지만
너무 이해하려고 애써도
잃어버립니다.

나쁜 친구들 Friends

"친구…… 이것은 저에게 소중한 단어입니다. 친구들은 있는 그대로의 제 모습을 좋아해줍니다. 그런 사람은 많지 않죠. 친구들과 함께 있을 때 가장 기분이 좋습니다."

사강은 어렸을 때 '나쁜 친구들'과 어울리기도 했지만 평생을 함께한 친구로는 작가 베르나르 프랑크, 댄서 자크 샤조, 플로런스 말로가 있습니다. 모두 10대 때부터 사귄 친구들입니다.

사강은 베르나르와 만났을 때를 '우정에 빠졌다'고 표현했습니다. 서로 다른 상대와 연애하고 결혼했지만 그래도 언제나 서로의 곁에 있었습니다.

샤조는 사강을 '눈물이 날 만큼 웃게 만드는' 사람이었습니다. 게이가 아니었다면 결혼하지 않았을까 싶었을 정도로 친밀했습니다.

플로런스는 작가이자 정치가인 앙드레 말로의 딸입니다. 그녀는 주변에 예술가들이 많이 있는 환경에서 자랐기에, 예술가들이 갖고 있는 유약함을 잘 알고 있었습니다. 사강을 대할 때도 상처받은 야생동물을 위로하듯 걱정하고 지켜주었습니다.

사강의 친구들에게는 공통점이 있었습니다. '감수성 풍부한 너그러움'이 있었다는 점입니다.

제가 친구들에게 바라는 것은
유머와 순수입니다.
이것은 우정이 갖는
가장 아름답고 소중한 점입니다.
유머란
명석하면서도 젠체하지 않음을,
순수란
너그러운 다정함을 말합니다.

젊은 나이에 성공한 사강 주위로 많은 사람이 모여들었습니다. 이들은 '사강 패거리'로 불렸고, 모든 계산을 사강이 했습니다. "너는 이용당하는 거야"라고 충고하는 사람도 많았지만, 사강 본인은 그런 감각이 없었고, 설사 그게 사실이라고 해도 상관없었습니다.

괴로운 일은 돈을 뜯기는 것이 아니라 '정신적으로 착취당하는 일'이었습니다.

원하지 않는데도 이야기를 해야 하거나 들어줘야 하는 것 말이죠.

"물질적으로나 정신적으로 보상을 기대하지 않는 사람이 있다면, 그 사람은 곧 나의 형제나 마찬가지입니다."

하지만 그런 사람은 드물었습니다. 그래서 이런 말을 남겼지요.

"친구들과는 오랜 시간 끝도 없이 이야기할 수 있습니다. 이야기 주제는 각양각색이지만 돈 이야기는 하지 않습니다."

저는 내면적으로
끊임없이 움직이고 있습니다.
자기 확신에 가득 차
꼼짝도 하지 않는 사람은 싫습니다.

싫어하는 사람 ^{Hate}

싫어하는 사람이나 사물에 대해 사강은 이렇게 말했습니다.

"너그럽지 못한 사람, 걱정이 없는 사람, 진실을 다 안다는 얼굴을 한 사람, 만사가 만족스러운 사람, 우둔한 사람은 지루합니다. 그 우둔함에 섞인 자신감도 참기 어렵습니다. 지긋지긋해요. 피해자인 척하는 사람이나 지식인인 척하는 사람도 싫습니다. 돈을 과대평가하거나 위선적인 행동, 상투적인 말, 부르주아적인 식견도 저를 화나게 만듭니다."

이어서 말합니다.

"유행이나 달달한 향수, 플라스틱, 텔레비전을 싫어합니다. 텔레비전은 참을 수 없을 정도로 싫습니다. 쩨쩨한 근성, 질투심, 관용 없음도 아주 싫어합니다. 제 앞에서 누군가가 망신을 당하는 것도 허락할 수 없습니다. 인간에 대한 갖가지 편견들도 너무 싫습니다. 상상력이 부족한 사람이나 맹목적으로 습관을 따르는 사람도 싫어합니다. 비판을 좋아하는 태도, 거만한 태도, 젠체하는 태도…… 자신의 무지에 만족하는 사람도 너무 싫습니다."

"좋아하는 것보다 싫어하는 것을 이야기할 때 더 흥분하시네요."

인터뷰어의 말에 사강은 이렇게 대답했습니다.

"싫어하는 것보다 좋아하는 것을 대할 때 더욱 조심한다는 뜻이겠죠."

비밀로 해야 하는 감정도
있는 법입니다.

비밀로 해야 하는 감정 ^{Secret}

"사강의 앞머리 밑으로 보이는 커다란 눈동자에는 호수 같은 멜랑콜리가 빛나고 있다"라고 말한 이는 작가 앙투안 블롱댕입니다. 사강은 그 눈동자로 남성뿐만 아니라 재능 있고 아름다운 여성들마저도 매료시켰습니다. 여배우 브리지트 바르도와는 생트로페에서 즐겨 노는 친구 사이였고, 카트린 드뇌브와 잔 모로와는 지적인 대화를 즐겼으며, 에바 가드너와는 밤을 함께 보냈습니다. 쥘리에트 그레코는 말합니다.

"사강만큼 지적이면서도 경쾌하고 활발하며 상냥한 사람은 없어요. 그녀는 자신이 원하는 대로 살았어요."

사강은 생전에 자신의 섹슈얼리티를 밝히지는 않았습니다. 파란만장한 생을 살며 그토록 편견에서 자유로운 그녀가 어째서 바이섹슈얼이라는 사실을 숨겼을까.

'조심성 있는 사람'이기 때문에, 이것이 여러 이유 가운데 하나일 것입니다.

"누구였나요, 사랑의 행위는 자주 하지만 그것에 대해 이야기하지는 않는다고 말한 사람이 있습니다. 좋은 표현이라고 생각해요. 비밀로 해야 하는 감정도 있는 법입니다."

당신은 인간을 사랑합니까?
인생을 사랑하고 있습니까?

상대의 마음을 여는 질문 ^{Innocent}

파블로 피카소, 장 콕토, 알베르토 자코메티와 같은 예술가, 말론 브란도를 비롯한 배우, 이브 생 로랑, 피에르 카르뎅과 같은 디자이너. 프랑수아 미테랑 대통령 외에도 사강에게는 유명한 친구와 지인이 많았습니다.『내 최고의 추억과 더불어』에는 영화감독 오손 웰스와 작가 테네시 윌리엄스 등과의 사랑스러운 추억이 쓰여 있습니다. 그중 한 사람 발레리노 루돌프 누레예프와의 다음과 같은 에피소드가 있습니다.

두 사람이 만났을 때 누레예프는 마흔 살, 사강은 세 살 위였습니다. 처음에 사강은 누레예프와 마음을 터놓지 못하고 있었지만 심야에 둘이서 호텔 로비로 돌아왔을 때, 참으로 사강다운 행동에 돌입합니다.

나는 문득 그에게 물었다. "당신은 인간을 사랑합니까? 인생을, 자신의 인생을 사랑하고 있습니까?"라고. 그는 내게 답변하기 위해 몸을 앞으로 내밀었는데, 그 순간 그때까지는 냉소적으로 아무 감동 없어 보였던 얼굴이 갑자기 경계심을 푼 어린아이처럼, 자기 마음속 진실을 말하고 싶어 하는 아이처럼, 감수성 어린 솔직한 얼굴이 되었다.

그 후 두 사람은 사흘 동안 쭉 같이 식사를 하고, 거리를 산책하고, 대화를 즐겼습니다.

일정한 나이가 되면 말이죠,
마흔 정도이려나.
인생의 전환점을 얼마나 우아하게,
얼마나 쉽게 돌 수 있는지
자문하게 됩니다.

친구에게 바라는 것 ^{Turn}

"일정한 나이가 되면 말이죠, 마흔 정도려나. 인생의 전환점을 얼마나 우아하게, 얼마나 쉽게 돌 수 있는지 자문하게 됩니다. 내 친구 중에는 능숙하게 도는 사람도 있고, 그렇지 않은 사람도 있습니다. 자기들보다 내가 낫다고 생각하는지 어떤지는 모르겠지만."

이 말을 듣고 인터뷰어가 물었습니다.

"친구에 대한 당신의 시선은 예리하고 너그럽군요. 친구들에게 바라는 것이 없어서인가요?"

사강은 이렇게 대답했습니다.

"친구들에게 사랑받고 싶다, 친구들이 따뜻한 사람이었으면 좋겠다, 친구들과 함께 보내는 인생이 평화로웠으면 좋겠다고 기대한다는 의미에서는 바라는 게 있다고 할 수 있겠죠. 하지만 생활의 유지나 삶의 방식 차원에서는 아무것도 바라지 않습니다."

정말로 현명한 사람은
타인을 괴롭히지 않는다는 사실을
그에게서 배웠습니다.

현명한 사람은 타인을 괴롭히지 않는다 ^{Smart}

친구가 많은 사강이었지만 아주 특별한 사람은 있었습니다. '기적의 우정'이라 할 수 있는 상대, 작가 장 폴 사르트르입니다.

『내 최고의 추억과 더불어』에도 적혀 있지만, 1979년, 사강의 나이 44세에 '사르트르를 향한 사랑의 편지'를 공개하면서 친밀해진 두 사람은, 사르트르가 사망할 때까지 1년 동안 열흘에 한 번, 함께 저녁을 먹었습니다. 몽파르나스에 있는 레스토랑 클로즈리 데 릴라를 좋아했습니다. 사르트르는 사강보다 서른 살 연상. 두 사람은 생일이 같았습니다. 6월 21일. 사르트르는 이미 눈과 다리가 나빠져 있었지만 1년 동안 두 사람은 참으로 농밀한 우정을 키웠습니다.

나는 그의 손을 잡고 부축하는 걸 좋아했다. 또한 그가 나의 정신을 부축해주는 것이 좋았다.

이 말에 두 사람의 관계가 잘 나타나 있습니다. 그렇기에 사르트르가 사망했을 때 사강의 상실감은 무척 컸습니다.

"마지막까지 그는 더할 나위 없이 활력을 띠었으며, 도덕적이었고, 너그러웠습니다. 정말로 현명한 사람은 타인을 괴롭히지 않는다는 사실을 그에게서 배웠습니다."

문학과 고독

글쓰기 행위는
이미 알고 있는 것을 창작하는 것.
자신의 지성, 기억, 마음, 취향, 직감, 약점을
남김없이 모으는 일.

나는 그날 아침,
내가 가장 사랑하는 것,
앞으로 평생 사랑할 것을 발견했다.

'번개를 맞은 듯한 경험'은 15세 여름에 찾아왔습니다. 해변에서 피서를 보내던 중 우연히 펼친 책은 시인 랭보의 『일뤼미나시옹』이었습니다.

> 말이 내게로 흘러내렸다. ……이런 걸 쓰는 사람도 있구나. ……그야말로 지상의 아름다움이었다. ……문자야말로 모든 것이다. 가장 위대하고 사악하며 운명적인 것. 그리고 그걸 알게 된 이상, 달리 해야 할 일이 없었다. 요컨대 나는 그날 아침, 내가 가장 사랑하는 것, 앞으로 평생 사랑할 것을 발견했다.

사강의 인생이 결정된 순간이었습니다.

문학을 알게 된 이상, 달리 해야 할 일이 없었습니다.

사강은 문학에 빠져들었습니다. 독서에 몰두하고, 드디어 자신의 언어로 쓰기 시작해, 18세 여름에 데뷔작 『슬픔이여 안녕』을 쓰기 시작했습니다. 글쓰기에 대해서 사강은 이런 말을 남겼습니다.

"글쓰기 행위는 이미 알고 있는 것을 창작하는 것이죠. 자신의 지성이나 기억, 마음, 취향, 직감, 약점을 남김없이 모으는 일입니다."

저는 카뮈에게 구원받았습니다.
신앙을 잃은 저에게
그가 분명히 말했기 때문입니다.
신을 대신하여 '인간'이 있다고.

신보다 인간을 신뢰한다 _{Human}

문학적으로는 상당히 성숙했던 사강이 15세가 될 무렵에는 스탕달, 플로베르, 그리고 사강에게 중요한 작가 마르셀 프루스트를 독파했습니다. 알베르 카뮈의 『반항하는 인간』을 만난 것은 14세 때였습니다. 이 책으로 사강은 구원받았습니다. 신앙을 잃고 방황하고 있었기 때문입니다.

우연히 찾은 프랑스 남부의 유명한 순례지 르루드^{하느님의 기적이 발현된 것으로 알려진 성지}에서 경험한 일이 계기였습니다. 그곳에서 사람들이 모여들어 기적을 바라며 오열하고 있었습니다. 그 장면을 보고 "이런 일을 허락한 전능한 신에게 혐오감을 느끼며, 격한 분노와 화를 억누르지 못하고 나의 생활에서 신을 추방했다"고 말합니다. 가톨릭의 나라 프랑스, 10대 중반의 소녀는 이미 무신론자였습니다.

카뮈는 무겁게 짓누르는 신의 부재를 논하며 분명하게 말합니다. 신이 없는 대신 '인간'이 있다고. 사강의 마음은 한결 가벼워졌습니다. 사강은 카뮈의 '인간성을 신뢰하는 시선'에 구원받았다고 할 수 있습니다.

저는 언어를 좋아합니다.
이 세상에 존재하는 언어의 90퍼센트는
좋아합니다.

언어를 사랑한 18세 ^{Novel}

1953년, 18세의 여름. 파리의 아파트에서 작고 파란 노트에 이야기를 쓰기 시작했습니다. 6주 만에 완성했죠. 제목은 『슬픔이여 안녕』입니다.

몇몇 출판사에 원고를 보냈고, 쥘리아르에서 연락이 왔습니다. 사강은 대표 르네 쥘리아르의 자택을 방문했습니다.

그가 말했습니다. "정말 좋은 작품입니다. 다만 이 소설이 자서전이 아니기를 바랍니다. 자서전이 아니라면 도무지 이렇게 쓸 수 없을 것 같아서요."

"당연히 자서전이 아니에요. 다행히 제 인생에는 이렇게 음산한 이야기가 없었습니다."

사장은 기뻐하며 출판을 약속했습니다. 그는 몇 시간 만에 완전히 사강의 팬이 되어버렸습니다. 개성이 넘치고 말에는 품위가 넘쳤으며, 천재 작가 특유의 감각적인 재기발랄함, 18세라는 나이 등 대중에게 어필할 요소가 충분했습니다.

출판은 이듬해인 1954년 3월. 초판 부수는 4,500부.

"글을 쓰고 싶다, 언어를 사용하고 싶다……. 『슬픔이여 안녕』을 쓰기 시작했을 때 하고 싶었던 것은 정말로 그것뿐이었습니다. 저는 언어를 좋아합니다. 이 세상에 존재하는 언어의 90퍼센트는 좋아합니다."

『슬픔이여 안녕』은 1957년 영화화되었다.
주인공 세실을 연기한 진 세버그(왼쪽)와 사강.
짧은 헤어스타일은 당시 '세실 컷'으로 크게 유행했다.
이 영화를 본 장뤼크 고다르는 〈네 멋대로 해라〉의 여주인공으로
그녀를 발탁하여 영화사에 길이 남을 명작을 탄생시켰다.

글을 쓰고 싶다,
언어를 사용하고 싶다…….
『슬픔이여 안녕』을 쓰기 시작했을 때
하고 싶었던 것은
정말로 그것뿐이었습니다.

『슬픔이여 안녕 BONJOUR TRISTESSE 』

소설 도입부에 시인 폴 엘뤼아르의 「눈앞의 삶」이 인용되어 있습니다. 그 시에 '슬픔이여 안녕'이라는 글귀가 있었고 거기서 제목을 가져왔습니다.

인상적인 도입부입니다.

줄곧 날 떠나지 않는 울적함과 무기력함, 이 낯선 감정에 나는 망설이다가 슬픔이라는 아름답고도 묵직한 이름을 붙인다.

주인공은 세실이라는 이름의 17세 여자아이. 어릴 때 엄마를 여의고 젊고 잘생긴 아버지와 둘이 살고 있습니다. 부녀는 친한 친구처럼 사이가 좋아서 아버지의 연애사까지 이야기를 나누는 사이입니다.

그해 여름, 세실은 프랑스 남부 별장에서 바캉스를 즐깁니다. 아버지의 애인인 젊은 여성과 셋이 함께 밝고 활기찬 나날을 보냅니다. 그러던 어느 날, 돌아가신 어머니의 친구인 지적이고 아름다운 여성 안이 등장합니다.

42세의 안은 아버지를 매료시키고 두 사람은 순식간에 결혼을 결정합니다. 안은 규칙이 중요한 사람이어서 세실에게 시험공부가 얼마나 중요한지 설교하고 바다에서 만난 남자친구와의 관계에 대해 추궁합니다. 그런 안에게 세실은 동경과 반발이 뒤섞인 복잡한 감정을 느낍니다.

그리고 세실은 남자친구와 아버지의 애인이었던 여성을 이용해 아버지의 결혼을 방해할 계획을 세웁니다. 그 결과 예기치 않게 안이 죽음에 이르는 비극이 벌어집니다…….

이 명작의 마지막 장면은 다음과 같은 문장으로 끝이 납니다.

그러자 무언가가 내 안에서 솟아올랐다. 나는 두 눈을 꼭 감고, 그것에 이름을 붙여 인사를 건넨다. 슬픔이여 안녕.

요즘 세상이었다면
『슬픔이여 안녕』은
스캔들거리도 아니었겠죠.

재능이 넘치는 소녀 ^{Ability}

『슬픔이여 안녕』은 출간 두 달 만에 문학적으로 권위 있는 '비평가상'을 수상합니다. 아울러 문학계의 독설가 프랑수아 모리아크가 절찬합니다.

"18세의 '매력적인 괴물'에게 비평가상이 돌아갔다. 이토록 잔혹한 책에 상을 주어도 좋을지에 대해 논란이 있었으나, 나는 그렇게 생각하지 않는다. 이것은 과잉될 정도로 재능을 가진 소녀가 쓴 작품이며 총명한 영악함이 느껴진다."

비평가상을 받은 잔혹한 작품! 심지어 작가는 18세의 여성, 매력적인 괴물!

많은 사람이 서점으로 달려갔고 순식간에 100만 부가 팔렸습니다. 작품, 그리고 작가 자체가 스캔들이었습니다.

20년 후 사강은 당시를 회상하며 스캔들의 요인을 분석했습니다. 17세의 여자아이가 청년과 섹스를 통해 쾌락을 끌어내며, 여름의 끝에 당연히 올 줄 알았던 임신이라는 제재를 가하지 않았다는 점. 아울러 아버지와의 관계. 아버지의 섹스를 알고 있고 부녀지간에 그 이야기를 하며 그것에 대해 공범 의식이 있다는 점을 들었습니다.

"당시에는 스캔들이 되었지만 요즘 세상에는 드문 일도 아니겠죠."

성공이란

태양과 같은 것입니다.

처음에는 햇살이 기분 좋지만

차츰 피부가 손상되어

파괴되고 맙니다.

명성과 비방 사이에서 ^{Fame}

『슬픔이여 안녕』은 25개국에 번역되어 사강은 19세에 세계적인 명성을 얻었습니다. 5억 프랑^{당시 한화로 약 3,700억원}의 인세가 들어왔습니다.

수시로 칵테일파티가 열리고 기자나 카메라맨이 쇄도했습니다. 미디어가 만들어낸 젊은 작가 이미지는 막대한 수입, 위스키, 나이트클럽, 스포츠카……로 이어졌습니다. 사강의 이름을 듣고 여배우라고 생각한 사람도 많았을 정도니까요.

"지루한 이야기를 지루한 소재로 삼는 건 우울한 일입니다. 닭 정도의 뇌밖에 지니지 못한 사람들을 상대하는 게 어느 정도 필요하다는 건 알았지만 고통스러웠어요."

중상모략도 많아서 사강이 쓴 글이 아니라는 소문까지 퍼졌습니다. 너무 큰 소동에 사강은 당황했습니다.

"저한테 책임이 없다는 걸 알면서도 죄의식까지 느끼게 되었습니다. 잠깐은, 아, 이게 명성인가 싶었어요. 이상한 일이지만 전혀 기쁘지 않았습니다."

앞으로 무슨 일이 일어나든지,
제 인생에서 그 한 시기는
결코 후회하지 않을 거라는
확신이 있습니다.

파멸적인 도박의 매력 Gamble

젊은 나이에 부를 손에 넣고 파란만장한 생활을 하던 시절을 돌아보며 남긴 말입니다.

소위 '사강 신드롬'을 만든 아이템 가운데 하나로 '도박'이 있습니다.

"카지노에서 돈을 잃어가고 있을 때, 아주 잠깐이지만 작은 창문밖에 없는 어둑하고 좁은 방에 제가 있고, 한 장 또한 장 나뭇잎이 떨어져 쌓이는 기분이 들면서, 아, 파산할지도 모르겠다는 생각이 들자, 묘하게 로맨틱하고 문학적인 이미지가 떠올랐습니다."

'양식 있는 사람들'이 무슨 말을 하든지 도박에 대해서만큼은 무척이나 즐거운 듯 말했습니다.

창작의 영감을 얻기 위해 도박에 빠지는 것이 아니라 도박이 견딜 수 없이 좋았기 때문입니다. 누구에게나 그런 '장소'가 있는 것처럼, 사강에게는 카지노가 풍성한 감정을 가져다주는 장소였습니다.

인간은 언제나
육체적인 조건에 의존하게 마련입니다.

죽음을 앞두고 알게 된 당연한 사실 Sprayed

또 하나의 사강에 관한 전설로는 '스피드'가 있습니다. 사강은 스피드광이었습니다. 첫 인세로 재규어를 구입한 것을 시작으로 스포츠카에 열광했습니다.

22세. 스피드를 너무 내는 바람에 큰 교통사고를 냈습니다. 장소는 파리 외곽의 밀리 라 포레. 동승자 친구들은 자동차 밖으로 팅겨 나가 무사했지만, 사강은 차에 깔려 죽음의 문턱까지 가게 되었습니다. 병자성사를 받기 위해 신부님까지 불려왔을 정도였지만 아슬아슬하게 파리의 병원으로 후송되어 목숨을 건졌습니다.

사강이 생사의 경계를 넘나드는 동안 신문과 라디오에서는 시시각각 그녀의 상태를 보도했습니다. 무리하게 속도를 내는 바람에 교통사고를 내고 구사일생으로 살아났다. 아주 드라마틱한 뉴스였죠. 좋은 쪽이든 나쁜 쪽이든 사강의 명성을 결정적으로 높인 사건입니다. 그렇게 자동차와 스피드는 사강 신드롬에서 없어서는 안 될 아이템이 되었습니다.

육체가 무너지는 경험은 처음이었다고, 훗날 사강은 그때를 돌아보며 이렇게 말합니다.

"그 사고로 인간은 언제나 육체적인 조건에 의존하게 마련이라는 사실을 알았습니다. 바보같이 그렇게 간단한 사실을 말이죠."

저는 제 인생에
행운과 불운이 뒤섞여 있는 게 좋습니다.
굴곡 없는 삶은
제게 인생이 아니니까요.

'안심, 안정, 안전'을 경계한다 ^{Luck}

사강의 교통사고가 사람들의 흥미와 상상력을 유발한 이면에는, 반년 전 미국의 유명 배우 제임스 딘이 교통사고로 24세에 목숨을 잃은 사건이 있었습니다. 사강은 그와 마찬가지로 '시대의 병'을 상징하는 존재라며 비난받았습니다.

하지만 사고 후에도 자동차에 대한 애착은 변함이 없었습니다. 사고가 있은 지 6년 후인 28세 때 일입니다. 사진가 헬무트 뉴튼이 사강이 탄 재규어를 촬영했습니다. 모피 코트와 담배. 문학계의 히로인, 사강. 이 사진들은 프랑스판《보그》에 실렸습니다.

"스피드를 즐기는 건 죽음과 장난치는 경향이 있습니다. 생을 사랑하는 사람은 반대로 죽음에도 끌리게 마련입니다. 스피드를 향한 애정은 정열적인 연애와도 닮았습니다. 모든 에너지를 투입해 자기 정열의 완전한 포로가 되어가니까요."

사강은 "안심, 안정, 안전을 경계합니다"라고 말합니다. 안심, 안정, 안전 속에서는 생의 실감을 얻지 못하는 사람이 있습니다. 사강은 그런 사람이었습니다.

"그래도 저는 제 인생에 행운과 불운이 뒤섞여 있는 게 좋습니다. 굴곡 없이 세상만사에 만족하는 삶은 제게 인생이 아니니까요."

처음 결혼했을 때는
결혼이라는 것을 믿었습니다.
사랑하는 남자와 함께 살 필요가 있으며,
지속 가능하다고 믿었던 겁니다.

스무 살 연상의 파트너 Partner

사강은 평생에 두 번 결혼했는데, 첫 번째는 결혼이라는 것을 믿었습니다.

상대는 기 쇼엘러. 프로모션 때문에 찾은 뉴욕에서 만났습니다. 스무 살 연상의 교양 있는 편집자였습니다. 사강은 그에게 빠져들었고, 그도 사강에게 빠져들었습니다.

그는 지적이고 고상한 쾌락주의자였어요. 사강이 소설 속에서 그려나가는 남성과 무척 닮았습니다. 사강은 꽤 연상인, 삶에 지친 분위기의 남자를 좋아했습니다.

모호하고 복잡한 관계가 2년 동안 이어졌고, 사강은 그와 잠시 거리를 두기 위해 여행을 떠났다가 이튿날 교통사고를 당합니다.

기 쇼엘러는 사고 한 달 후 문병을 왔습니다. 붕대를 둘둘 감은 사강에게 그는 말했습니다.

"당신이 죽는 걸 보느니 결혼하고 싶어."

1958년, 23세. 사강은 결혼했습니다. 바티뇰 시청에서 나온 두 사람을 200여 명의 카메라맨과 기자가 에워쌌습니다.

결국 결혼이라는 것에는
단순한 선택이 존재합니다.
타협을 해서라도 그 사람과 살고 싶은지,
아니면 같이 살면서 견뎌야 하는
타협의 고통이
둘이 있을 때의 즐거움을 뛰어넘는지,
둘 중 하나입니다.

하고 싶은 말이 없는 사람 _{Divorce}

첫 결혼은 그리 오래가지 않았습니다. 두 사람 다 개성이 강했고 각자의 라이프 스타일이 있어서, 생활 시간대나 만나는 사람들도 완전히 달랐습니다.

사강에게 결혼 생활의 '타협'이란 선택지에 없었습니다. 특히 감정에서 오는 타협을 싫어해서, 두 사람의 관계를 철저하게 들여다보았습니다. '연애'를 테마로 하는 작가인 사강은 그 부분에 있어서는 자기 자신에게 가차 없었습니다.

오랜만에 둘이서 저녁을 먹을 때였습니다. 사강은 깨닫고 말았습니다. 그날 있었던 일이든 무슨 일이든, 남편에게 하고 싶은 말이 전혀 없다는 사실을.

"하고 싶은 말이 없다"라는 사실이 결정적이었습니다.

다른 무엇보다 대화를 소중히 여기는 사강에게 이는 관계의 종언을 의미하는 것이었습니다. 말을 안 해도 다 안다, 두 사람의 관계가 안정되기 시작한 것이다. 이런 변명이 사강의 내면에는 없었습니다. 사강은 남편에게 집을 나간다고 통보했습니다. 결혼 생활은 1년 남짓이었지만, 그들이 실제로 같이 지낸 시간은 그리 많지 않았습니다.

그대로 둬,
예쁘니까.

꾸미지 않은 아름다움이 좋다 ^{Natural}

사강이 평생토록 사랑하게 된 별장을 구입한 것은 첫 결혼 생활이 끝나갈 무렵이었습니다.

25세의 여름. 노르망디의 옹플뢰르 외곽, 궁전 같은 저택을 빌려 친구들과 지냈습니다. 내일이 집주인에게 저택을 비워줘야 하는 날인 8월 8일. 사강은 카지노에서 룰렛으로 큰돈을 땄습니다. 8에 계속 걸어서 800만 프랑^{당시 한화로 약 60억 원}을 손에 넣었습니다.

"집주인이 저택을 싸게 팔겠다면서 마침 800만 프랑에 넘기겠다고 했을 때, 저는 그 자리에서 좋다고 했습니다."

사강은 이 별장을 죽을 때까지 사랑했지만, 인테리어에도 신경을 쓰지 않고 정원도 가꾸지 않았습니다. 포도 넝쿨이 창문 너머 집 안으로 들어와도 신경 쓰지 않았고, 계단에 굴러다니는 낙엽을 치우려고 하면, "그대로 둬, 예쁘니까" 하고 말했습니다.

자연에 모든 걸 맡긴 꾸미지 않은 아름다움. 이것이 사강 저택의 매력이었고, 사강 자신의 매력이기도 했습니다.

아이를 갖는다는 건
죽을 자유를 잃었다는 뜻입니다.

내가 만든 생명이 보고 싶어서 ^{Son}

1962년, 27세. 남자아이 드니 출산.

"아이를 갖고 싶다는 건 아주 오랜 옛날부터 전해 내려오는 원시적인 야생의 본능, 내가 만든 생명이 보고 싶다는 이유였습니다."

아들 드니의 존재감은 컸고 사강은 아이의 눈빛에서 자신에게 향한 기대와 신뢰를 보았습니다.

"저는 그 눈빛을 보고, 죽을 자유를 잃었다는 걸 깨달았습니다. 아이가 수많은 것을 이해하기 위해 저를 필요로 하고 있다고 느꼈습니다."

아버지는 밥 웨스토프. 1년 전에 만난 미국인이었습니다. 26세에 사강은 밥과 결혼했습니다. 이유는 아들을 위해서. 부모님도 미혼인 채로 출산하는 것은 반대했습니다. 사강의 보수적인 일면이 보입니다.

2년 후에 이혼을 했지만 동거는 계속되었습니다. 기묘하게 보이지만 그것이 사강의 스타일이었습니다. 싫어진 것은 아니었어요. 서로의 애인을 인정했고, 마음이 맞고 즐거웠으며, 그에게는 돈이 없었기 때문에 함께 있어도 된다는 것이었습니다. 아들은 아직 어렸고, 결혼을 유지하는 것은 자기 자신을 속이는 것 같아서 마음이 불편했습니다.

1972년, 37세에 10년 동안 이어진 동거를 청산했습니다.

저는 ─────────────────────────────
그 눈빛을 보고,
죽을 자유를 잃었다는 걸
깨달았습니다.

제가 고독해져도
아들에게는 어쩔 도리가 없고,
아들이 고독해져도
저는 어쩔 도리가 없습니다.
다만 서로에게 최선을 다할 뿐입니다.

아이가 있어도 고독하다 Affection

사강은 아들을 사랑했지만 아들에게 푹 빠지지는 않았습니다.

"아들을 향한 애정은 제게 가장 소중한 것입니다. 그렇다고 해서 제게 대재난이 덮친다면 아들이 있다고 해도 저는 불행할 것입니다. 제가 짝사랑을 하거나 친구가 죽으면 아들이 있어도 슬플 거예요. 모성애가 있다 해도 저의 다른 세계는 열려 있을 겁니다.

아이를 사랑하는 일이 모성이라면, 저에게도 있을 겁니다. 하지만 자식을 자기 소유물로 삼는 일은 저에게 없습니다."

사강은 아이가 있다고 해서 고독하지 않은 건 아니라고 생각했습니다.

"제가 고독해져도 아들에게는 어쩔 도리가 없고, 아들이 고독해져도 저는 어쩔 도리가 없습니다. 다만 서로에게 최선을 다할 뿐입니다."

아들 드니는 어릴 때를 회상하며 이렇게 말했습니다.

"저 이외의 다른 사람을 존중하는 일, 그것이 제게 가장 먼저 주어진 규칙이었습니다."

저에게 균형 잡힌 삶이란,
밤에는
두려움 없이 잠들고
아침에는
실망 없이 눈뜨는 일입니다.

깊이 사랑한 사람 ^{Trust}

전남편 밥과 동거를 청산한 사강은 페기 로슈와 함께 살았습니다.

페기는 사강이 가장 사랑한 여성이었습니다.

남미 사람의 피를 이어받아 또렷한 이목구비와 1970년대 패션잡지에서 튀어나온 듯한 스타일의 여성이었습니다. 패션잡지 《엘르》의 편집장을 맡았던 적도 있어서, 사강을 만났을 때는 그녀 자신도 패션 브랜드를 갖고 패션계에서 활약을 펼치고 있었습니다.

사강과 페기. 두 사람 모두 재능이 풍부하고 자유로운 생활을 즐기는 사람이었습니다.

"저에게 균형 잡힌 삶이란, 밤에는 두려움 없이 잠들고 아침에는 실망 없이 눈뜨는 일입니다. 저와 제 실제 인생 사이의 조화를 떠올리는 일입니다. 최악을 면하면서 저를 유지하는 일입니다."

페기는 그런 사강을 살뜰히 보살펴주었습니다. 사강의 전속 스타일리스트 겸 영양사였던 페기 덕분에 사강의 생활에 어느 정도 질서가 잡혔습니다. 예민한 데다 정신이 불안정해지기 쉬운 사강을, 페기는 깊은 애정으로 감싸주었습니다.

인간은
언제나 무언가에 기대는 존재입니다.
그것이 두렵습니다.

인간은 부러지는 존재 ^{Sick}

1973년, 38세의 여름. 정신병원에 입원한 사강을 취재하려고 기자들이 병원으로 모여들었습니다. 젊은 시절부터 지속되어온 정신 불안정이 그녀를 괴롭혔던 것입니다.

2년 후에는 더욱 끔찍한 통증이 몰려왔습니다. 췌장염이었습니다. 입원한 병원에서 진정제로 모르핀 계열의 약제를 처방했습니다. 교통사고 때 중독이 되었다가 겨우 극복한 경험이 있었지만, 다시금 약물에 의존하게 되었습니다.

"대체로 인생은, 올바로 흘러야 하는 곳과 전혀 다른 방향으로 가게 마련입니다. 인간은 부러지는 존재입니다. 그렇지 않으면 인간 안에 있는 무언가가 부러질 테니까요.

그러니 냉정하고 자명한 사실이지만 인간은 지금 총명하건 우둔하건, 민감하건 둔감하건, 활발하건 어둡건, 대체로 세 가지에 억압된 피해자입니다. 알코올, 마약, 신경 안정제."

대체로 인생은,
올바로 흘러야 하는 곳과
전혀 다른 방향으로 가게 마련입니다.
인간은 부러지는 존재입니다.
그렇지 않으면
인간 안에 있는 무언가가 부러질 테니까요.

죽음을 각오해서,
좀 더 경솔해졌을지도 모릅니다.
저에게 경솔함이란
우아함입니다.
일이 잘 풀리지 않을 때
도망갈 피난처입니다.

죽음을 대하는 각오 ^{Death}

43세, 일본에 왔을 때 사강은 죽음을 각오했습니다. 췌장암이 의심된다는 진단을 받았습니다. 사강은 수술 전 집도의에게 당부했습니다.

"너무 늦었다고 생각되면 절대 마취에서 깨어나게 하지 마세요."

다행히 암은 아니었습니다. 22세 때 겪은 교통사고에 이어 두 번째로 '죽음을 각오한' 사건이었죠. 이 경험은 사강의 생과 사에 대한 의식에 큰 영향을 미쳤습니다. 전부터 사강은 이렇게 말했습니다.

"느슨하게 사는 것도 하나의 방식이 아닐까요."

그로부터 시간이 흘러 죽음의 고비를 넘기면서 "보다 무분별하게, 보다 경솔하게 산 것 같다"고 말합니다. 경솔함이란 진중하지 않음입니다. 죽음에 직면하면 거꾸로 될 것 같지만, 죽음에 가까이 다가가 다시금 생을 붙든 사강에게는 이것이 삶의 방식이었습니다.

인생이라는
작은 드라마에서는
저를 웃게 만드는 유머 감각이
필요합니다.

인생의 작은 비극을 앞두고 Destiny

1988년, 53세. 불행한 일이 연이어 벌어진 괴로운 해였습니다. 사이가 좋았던 오빠 잭이 죽고, 한 달 뒤 어머니가, 이어서 전남편이자 아들 드니의 아버지인 밥이 병으로 세상을 떠났습니다.

"온갖 일들이 잇따라 일어나는 시기가 있었는데, 그때는 그런 일들이 모욕적으로 느껴졌습니다."

그래도 글쓰기만은 멈추지 않았습니다. 56세에 발표한 신작 『펑계』가 큰 호응을 얻었습니다. 각종 주요 잡지들이 세련된 차림을 한 사강의 사진과 함께 서평과 인터뷰 기사를 실었고, 텔레비전에서도 골든 타임에 사강의 인터뷰 프로그램이 방영되는 등 오랜만에 열기에 휩싸였습니다. 이 책을 집필한 당시 사강의 상황, 계속해서 찾아든 신변의 불행을 생각해보면, 작가로서 사강의 저력을 생각하지 않을 수 없습니다.

"소중한 사람들을 잃은 마음의 상처를 치료하기 위해 썼습니다. 이번에는 어쨌든 웃고 싶었습니다. 사람을 웃길 만한 작품을 쓰고 싶었습니다."

역경에 필요한 것은 웃음과 유머다, 이는 사강이 늘 하는 말이었습니다.

"인생이라는 작은 드라마에서는 저를 웃게 만드는 유머 감각이 필요합니다."

이제는,
어떻게 잠들어야 하지?

서투른 애정 표현 Express

『핑계』가 출간되었을 무렵, 사랑하는 페기가 간암 판정을 받았습니다. 페기의 남은 수명은 반년 정도였습니다. 사강은 본인에게 알리지 않기로 했습니다. 하지만 무언가 하지 않을 수 없어서 페기에게 카르티에 시계를 선물합니다. 기뻐하는 페기의 얼굴을 보며 다음 날 또 다른 시계를 선물합니다.

"너무 좋아하니까 멈출 수가 없었어요."

그다음 날도 시계를 선물했습니다. 서투른 애정 표현이지만 사강의 흔들리는 심리 상태와 페기를 향한 넘치는 애정이 엿보이는 에피소드입니다.

마지막으로 입원한 날. 페기는 두 간호사에게 부축을 받으며 계단을 내려오던 중 위에서 보고 있는 사강의 친구 플로렌스 말로에게 말했습니다. "그녀를 잘 부탁해."

마지막까지 페기는 사강을 걱정하고, 또 걱정했습니다.

입원한 후 페기는 급격히 쇠약해졌고, 사강은 공포에 사로잡혀 병원에 갈 수도 없었습니다. 현실을 정면으로 마주 보고 적절한 대처를 하는, 그런 능력이 사강에게는 없었습니다.

의사가 페기의 죽음을 알렸을 때, 사강은 비서에게 안겨 쓰러지고 말았습니다.

"이제는, 어떻게 잠들어야 하지?"

자신의 반쪽이자
연인이라고 믿는 사람은,
피가 이어져 있지 않더라도
가족입니다.

불면증, 거식증, 자살 미수 ^{Despair}

사랑하는 페기가 죽은 뒤 사강은 눈을 꼭 감고 모든 것을 거부했습니다. 영안실도 가지 않고 장례식 때도 교회에 들어가지 않았습니다. 하지만 페기를 그녀의 고향 카자르크에 이장해야 한다고 강력하게 주장했습니다.

무덤에는 부모님, 오빠, 전남편 밥이 잠들어 있었습니다. 그곳에 페기가 묻혔습니다.

사랑하는 사람들이 줄줄이 세상을 뜨고 말았습니다. 모두가 사강에게 홀로 잠드는 방법을 가르쳐주지 않은 채 떠나버렸습니다.

사강은 밤이 무서워서 견딜 수가 없었습니다. 혼자서 잠드는 밤을……. 수면제를 먹어도 잠들 수 없었고 불면증, 거식증, 자살 미수로까지 이어졌습니다.

"자살은 타인에게 나의 죽음을 밀어 넣는 행위입니다. 우아한 자살은 아주 드뭅니다."

자살에는 부정적인 사강이었지만, 현실이 한계를 뛰어넘어버렸습니다.

56세. 페기를 잃어버린 사강은 그로부터 2년 동안 아무것도 쓰지 못했습니다. 처음 있는 일이었습니다.

살아가는 일을 배우는 데
나이는 관계가 없습니다.
사람이 산다는 것은,
새 출발을 하는 일,
재개하는 일,
'다시 숨을 쉬는 일'을
반복하는 것이 아닐까요.

고뇌 속의 빛 ^{Hope}

이전과 같은 속도로 글을 쓸 수는 없었습니다. 판매 실적도 좋지 않았지요. 하지만 돈 관리가 어려워 지출을 막을 수 없었고, 당연하게도 폐기를 잃었을 즈음에 사강의 재정은 파탄이 났습니다. 이스라엘 대부호와 결혼한 잉그리트 메술람이 사강을 경제적으로 지원했지만, 실제 생활에서 도움을 준 건 마리 테레즈 르 브르통. 시골에서 자라 건강한 신체를 가진 자애로운 여성이었습니다. 그녀는 사강이 다리가 아프다고 하면 다리를 주무르고, 허리가 아프다고 하면 허리를, 그리고 마음이 아플 때는 꼭 안아주었습니다.

65세 때 아들 드니의 결혼식에 사강은 참석하지 못합니다. 여러 번의 허리 수술과 골다공증이 악화되어 걷는 것조차 힘들었기 때문입니다. 몸은 망가질 대로 망가지고 돈도 바닥나서 이미 끝났다고 본 사람도 많았습니다.

하지만 글쓰기만큼은 멈추지 않았습니다. 가장 중요한 것을 포기하지 않았다는 점에서, 사강은 사는 법을 계속해서 배우고 있었습니다.

나는
한계 따위 없는 사람이라는 사실을
발견했다.
세상 곳곳에
인간에 관한 '진실'이 있고
나는 그것을 알고 싶지만,
결코 완전히 알 수는 없으리라.

잃어버린 시간을 찾아서 ^{Proust}

말년을 보낸 옹플뢰르 외곽의 저택. 사강의 침대는 마르셀 프루스트가 사용했던 것과 같은 형태였습니다. 사강에게 프루스트는 특별한 소설가였습니다. 10대 때 앙드레 지드, 알베르 카뮈, 아르튀르 랭보에 이어 프루스트의 작품을 만나 '글쓰기의 본질을 발견했다'고 말합니다. 프루스트에 대해 밝힌 문장의 일부를 소개합니다.

나는 한계 따위 없는 사람이라는 사실을 발견했다. 세상 곳곳에 인간에 관한 '진실'이 있고 나는 그것을 알고 싶지만, 결코 완전히 알 수는 없으리라.

나는 어떤 감정이 일어나고 죽을 때까지를 쓰고 싶다. 그것을 하기 위해 일생을 쓴다. 하지만 몇 백만 페이지를 쓴다고 해도 한계에 닿을 수는 없을 것이다.

인간은 결코 목표에 도달하지 못한다. 그리고 나는 내가 하고 싶은 일의 절반, 그 언덕의 허리, 아니, 1,000분의 1까지밖에 도달할 수 없다. ……나는 그 사실을 발견했다. 말하자면 나는 프루스트에 의해, 나의 정열인 문학 속에 존재하는 어려움과 기준의 감각을 배웠던 것이다. 아니, 나는 프루스트에게서 모든 것을 배웠다고 할 수 있으리라.

죽을 때까지, 계속 저는 쓸 것입니다.
책이 팔리지 않는다고 해도.

죽을 때까지 쓸 것입니다 ^{Author}

인생의 마지막에 타자기를 칠 힘도 없어졌지만, 그래도 사강은 계속 글을 썼습니다. 경애하는 작가 마르셀 프루스트와 같은 형태의 침대 속에서 펜을 들고 '아름답고 붉은 파일'에 새로운 소설의 구상을 써나갔습니다. "나에게는 수많은 주인공이 기다리고 있다"라고 말하며, 여전히 쓰고 싶어 했습니다. 마지막 순간까지도 인간이라는 것을, 인간이 겪는 고독과 사랑을, 더욱더 쓰고 싶어 했습니다.

"죽을 때까지, 계속 저는 쓸 것입니다. 책이 팔리지 않는다고 해도.

이미 좋은 책, 위대한 책이 있지만, 저도 그런 책을 한 권은 쓸 수 있다는 자신감이 생긴다면, 무엇이라도 하겠습니다. 저는 정직한 태도를 믿고 있습니다. 정직하다는 것은 저에게 그야말로 어떤 가치에 대해 가지고 있는 이미지를 중요시하는 태도입니다. 제가 중요시하려고 노력하는 가치가 문학입니다. 정말로 그렇습니다."

사강은 2004년 9월 24일, 옹플뢰르 병원에서 아들 드니와 가족들에게 둘러싸여 죽음을 맞이했습니다. 69세였습니다.

부모님, 오빠, 페기가 잠들어 있는 태어난 땅 카자르크에서, 그곳에 놓인 사강의 묘비는 장식 없이, 앞으로 쓰이기를 기다리는 새하얀 종이와 같습니다.

얼마나 살았느냐가 아니라,
삶의 방식 자체가 문제입니다.

69세에 숨을 거둔 사강. 그녀는 전부터 말했습니다.

"얼마나 살았느냐가 아니라, 삶의 방식 자체가 문제입니다."

15세에 랭보의 시를 읽고 벼락을 맞은 듯한 기분으로 문학이야말로 모든 것이다, 그걸 깨달은 이상 달리 할 일이 없다고 확신한 사강은 그야말로 그 말 그대로의 삶을 살았습니다. 죽음의 문턱에서까지 글을 썼으니까요.

엉뚱한 짓도 했지만, 문학에는 충실했습니다.

문학을 사랑하고 언어를 사랑하며, 꾸준히 글을 썼습니다.

어느 인터뷰에서 독자에게 무엇을 남기고 싶으냐는 질문에 사강은 이렇게 말했습니다.

"제 책을 읽고 본인의 문제를 완화하는 상냥하고, 혹은 서정적인 답변을 들은 사람이 대여섯 명만 있어도, 그것만으로도 족하다고 생각합니다."

고독 ————————————————

인간은 모두,
섬세하고 감수성 있는 고독한 존재입니다.

사랑은
고독의 유일한 완화제입니다.

고독하기에, 고독해지지 않도록 노력한다 ^{Lonely}

24세에 『브람스를 좋아하세요...』가 출판되었을 때, 사강은 기자 회견에서 자신이 쓰는 소설의 테마가 '고독'이라고 말했습니다.

"제 작품에는 두 가지 테마가 있습니다. 그건 매번 같습니다. 사랑과 고독. 순서를 고독과 사랑이라고 하는 게 옳을지도 모르겠습니다. 주요한 테마는 고독이니까요."

사강은 '고독'을 말할 때 항상 '사랑'과 짝을 짓습니다.

"사랑은 고독의 유일한 완화제입니다."

유한한 인생에서 "나는 고독하지 않다"고 믿고 싶기 때문에, "나에게 귀를 기울이는 누군가", "나를 바라봐주는 누군가"를 찾는 것이라고 사강은 말합니다. 그것이 '사랑'이며 사랑이 끝날 때까지는 그다지 고독을 느끼지 않을 수 있습니다.

"인간의 고독과, 인간이 고독에서 어떻게 도망칠 수 있느냐가 저에게는 가장 중요한 테마입니다."

'고독'은 '인간 존재'의 동의어이며 '언제나 자기 자신과 함께하는 것'입니다. 그러므로 인간은 필연적으로 고독합니다. 모든 것은 고독에서 시작됩니다.

제가 정말로 고독을 느낄 때는,
수많은 친구들에게
둘러싸여 있을 때입니다.

군중 속의 고독 _{Alone}

혼자 있을 때보다 떠들썩한 곳에 있을 때 고독을 느끼는 경우가 많다고 느끼는 사람은 적지 않겠죠.

어린 시절 사강은 부모님과 언니, 오빠에게 귀여움을 받으며 자랐습니다. 하지만 비가 오던 날 이런 일이 있었습니다.

"행복했고 사랑받고 있었지만 아주 고독했던 기억이 있습니다. ……몇 시간이나 유리창에 코를 바싹 대고 있었어요."

이 시기부터 생애의 테마가 된 '고독'이 사강의 마음 한가운데 있었습니다.

"저는 고독을 배우고 그것을 평가합니다. 저의 자아는 불변이고 전달 불가능하며 상당히 혼란스러워 거의 생물적이기까지 합니다. 제게 고독이란 이런 자아를 의식하는 일입니다."

사강에게 고독은 그녀의 인생 자체, 산다는 것은 무엇인가, 인간이란 무엇인가를 생각할 때, 기본이 되는 것이었습니다.

물론 혼자 지내는 시간도 소중합니다. 하지만 "홍차를 마시며 음악을 듣거나, 어느 날 오후를 홀로 보내는 것과 진짜 고독을, 저는 제대로 구별하고 있습니다"고 사강은 말합니다.

행복해지는 길은,
죽음이라는 개념을 염두에 두고
살아가는 일인지도 모릅니다.

상대의 진짜 모습이 보일 때 Alcohol

22세 때 생긴 교통사고로 생사를 오갔던 경험은 사강의 죽음에 대한 생각에 큰 영향을 주었습니다.

"죽음은 인간의 갖가지 행동의 좋은 분모입니다."

'나는 언젠가 죽는다, 그리고 주변 사람들도 언젠가 죽는 다'는 사실이 인생의 분모라면 생은 빛날 것입니다.

"누군가의 이야기를 들으며 그 사람이 죽는다는 생각을 종종 하는데, 그러면 듣는 방법이 달라집니다. 진정한 모습으로 돌아간 상대가 보이는 겁니다. 진정한 우리의 모습이. 그래서 사람들의 연기를 털어내고, 어째서 그런 식으로 행동하는지, 왜 그렇게 성실한지, 왜 그렇게 오만한 태도를 취하는지 묻고 싶어지는 것입니다."

술을 마시고 상대가 겨우 진짜 이야기를 털어놓을 때, 상대의 맨 얼굴이 보이기 시작할 때, 사강은 그 순간을 좋아합니다.

너무 괴로울 때는
누구나 고독합니다.
깊이 사랑하는 사람들조차도
어쩔 줄 모르게 됩니다.

자신의 고통은 자기만의 것 ^{Pain}

"교통사고 이후, 인간은 고독하다는 확신을 하게 되었습니다. 너무 괴로울 때는 누구나 고독합니다. 깊이 사랑하는 사람들조차도 어쩔 줄 모르게 됩니다."

자기 고통은 자기가 받아들일 수밖에 없다. 아무리 사랑하는 사람도 대신 아파할 수 없다. 당연하지만, 냉혹하고 슬픈 사실을, 사강은 몸소 겪었기에 알고 있었습니다.

사강은 스탕달의 이 말을 좋아했습니다.

고독은 무엇이든 가져올 수 있지만, 강인한 성격만큼은 가져오지 못한다.

인간과 고독,
혹은 인간과 사랑의 관계.
그것이
인간 존재의 기반을 이루고 있다는 사실은
확실합니다.

인간을 깊이 파고들고 싶다 ^{Blame}

세상에 중요한 사건이 벌어지고 있는데 작은 세계인 연애 소설만 쓰고 있다, 사강은 쭉 그런 비난을 받았습니다. 하지만 이런 비난에 대해 사강은 확실한 의견을 갖고 있었습니다.

"제가 가장 감명을 받는 건, 알고 있는 사람이든, 옛날에 알았던 사람이든, 혹은 나 자신이든, 모두가 느끼는 그 끊임없는 고독이며, 이것은 결코 가볍거나 작은 주제가 아닙니다.

빈곤이나 금전적으로 어려운 문제를 경험한 적이 없는 이상, 자신이 모르는, 혹은 자신이 직접 느낀 적이 없는 사회 문제를 이야기하면서 세상에서 말하는 '제대로 돈을 버는' 일은 없다고 생각합니다.

감정은 가장 보편적인 주제입니다. 환경이 달라도 바뀌지 않습니다. 인간을 깊이 파고드는 일은, 발명과 발견을 추구하는 것보다도 훨씬 더 인간을 이해하게 됩니다."

전쟁을 다루고 가난을 다루었다고 해서 그것이 위대한 작품이라는 뜻은 아닙니다. 인간의 진상을 '고독'과 '사랑'을 키워드로 추구해온 한 사람의 작가로서, 지금이야말로 존재하는 한 사람의 인간을 깊이 파고드는 일이, 무엇보다 중요하다는 뜻이었습니다.

사람은
모두 자기가 생각하는 것보다,
혹은 주위 사람들이 생각하는 것보다,
훨씬 더 섬세하고
감수성이 풍부하며 고독하다고
저는 생각합니다.

직함은 필요 없다 ^{Title}

사강은 사람을 좋아했습니다.

진정한 의미에서 '그 사람'에게 흥미를 갖는 사람이 그렇듯, 언제나 사회적 지위나 소속된 그룹에서 그 사람을 본 적이 없었습니다.

사강은 어디까지나 '그 사람 개인'을 상대로 보았습니다.

처음 만나는 사람과 이야기를 나눌 때, 사강이 묻는 것은 어떤 책을 읽는지, 어떨 때 고독을 느끼는지, 사랑하고 있는지, 행복하다고 느끼는 건 어떤 때인지 같은 한 사람의 내면에 대한 것이었습니다.

"세대, 라는 말을 그다지 신용하지 않습니다. 결국은 한 사람 한 사람의 개인이 가진 이야기에 불과하지 않나요."

아아,
나는 어째서 이토록 인간이 좋을까.

모든 인간은 사랑스럽다 ^{Sentiment}

26세에 쓴 소설 『신기한 구름』의 한 소절입니다.

여주인공 조제는 어느 파티에서 2년 만에 만난 또래 여성이 놀랄 만큼 늙은 것을 보고 깜짝 놀랍니다.

'정열……' 조제는 생각했다. '부종, 살이 빠진 정열의 얼굴. 그 아래 두 줄로 된 진주 목걸이를 하고 있다. 아아, 나는 어째서 이토록 인간이 좋을까.'

파도와 같은 것이 조제를 흥분하게 했다. 그녀는 갑자기 늙어버린 이 여자와 몇 시간이고 이야기하고 싶었다. 이야기해서, 모든 걸 알고, 모든 걸 이해하고 싶었다. 조제는 그곳에 있는 사람들 모두를 다 알고 싶었다. 어떻게 잠이 들고, 무슨 꿈을 꾸며, 무엇을 두려워하는지, 무엇에 기뻐하고 슬퍼하는지……. 조제는 1분 만에 거기 있는 모든 사람을 사랑하게 되었다. 그들의 야심과 허영과 유치한 방어와, 각자의 내부에 떨리며 결코 멈추지 않는 그 작은 고독까지도.

한 사람의 여성에서 출발해, 그 자리에 있는 모든 사람이 살아 있다는 것만으로도, 고독을 공유하고 있다는 것만으로도, 사랑스럽게 여기는, 단 1분간의 드라마입니다.

나를 혼자 두지 마!

나를 혼자 두지 마 _{Lonesome}

42세에 쓴 소설 『흐트러진 침대』의 주인공 에드워드는 극작가입니다. 어느 날 한 시나리오를 읽고 '나는 너 없이 살 수 없어'라는 통속적인 표현에 처음에는 가슴이 두근거립니다. 하지만 곧 깨닫습니다.

어느 시대에나 다들 하고 싶은 말은 똑같다고. 예술가는 그것을 자기만이 할 수 있는 방법으로 표현하고자 애쓰고 있다고.

태곳적부터 똑같은 소망, 똑같은 공포, 똑같은 요구다. 그건 바로 '나를 혼자 두지 마!'라고 하는 것. 고생스럽게 새로운 것을 찾아 헤맬 필요가 없다. 온갖 문학, 온갖 음악은 이 절규에 유래한다.

고독을 두려워하고, 거기서 도망치고자 하는 말, "나를 혼자 두지 마!"

이 간단한 외침이 사강 예술의 근본을 이룹니다.

죽는다, 좋다.
하지만 지구가 폭발하고,
혹은 영구적으로 파괴되는 동안,
누군가의 목덜미에
얼굴을 파묻고 죽고 싶다.

혼자서 잠들면 안 돼 Sleep

37세 때 쓴 작품 『영혼의 푸른 멍』의 한 소절입니다.

몇 번이나 죽음의 언저리를 방황한 경험이 있는 사강은 '죽음'을 두려워하지 않았습니다.

"당신에게 죽음은 무엇을 의미합니까?"

이 질문에 간결하게 대답합니다.

"죽음은 인생의 끝. 언젠가 그 끝에 닿을 겁니다."

사강을 두려움에 떨게 한 것은 죽음이 아니었습니다.

반세기에 걸쳐 사강과 친구 사이였던 플로렌스 말로는 말합니다.

"사강은 고독을 견디지 못했습니다. 집에 혼자 있는 걸 두려워하는 어린아이처럼, 주변에 아무도 없는 것을 참을 수 없어 했어요. 내가 보기엔 그것이 사강 작품을 이해하는 열쇠라는 생각이 듭니다."

『영혼의 푸른 멍』에는 이런 소절도 있습니다.

혼자 잠들어서는 안 된다. 혼자 사는 건 그래도 낫지만, 혼자 잠들어서는 안 된다.

혼자 잠드는 것을 두려워한 사강의, 밤의 떨림이 전해지는 듯합니다.

고독

누구나 고독을 느끼고,
당신과 마찬가지로
죽음 이상으로 삶을 두려워한다는 걸,
당신은 알고 있습니까?

산다는 것의 공포 _{Anxiety}

『영혼의 푸른 멍』에 사강이 독자에게 직접 질문하는 장면
이 나옵니다. 사강에게 아무에게도 말할 수 없었던 고백을
하고 싶어지는 질문입니다.

여러분, 친애하는 독자 여러분,

여러분은 어떻게 살고 있습니까?

인생으로 인해 움직일 수조차 없게 되기 전에, 당신은 누군가를 사
랑했습니까?

당신의 진짜 눈동자 색을, 진짜 머리칼 색을 말해준 사람이 있습니
까?

당신은 밤을 두려워합니까?

누구나 고독을 느끼고, 당신과 마찬가지로 죽음 이상으로 삶을 두려
워한다는 걸, 당신은 알고 있습니까?

Françoise   Sagan

에필로그

제가 『사강의 말』을 쓰기 시작한 것은 2020년 1월 중순 무렵이었습니다. 세계보건기구인 WHO가 신형 코로나바이러스의 감염 상태를 두고 팬데믹을 선포한 것이 3월 11일, 제가 사는 일본에도 4월 7일에 긴급사태가 선언되었고, 마침 그때 이 책의 원고를 쓰고 있었습니다.

원고는 완성했지만 코로나 팬데믹의 영향이 출판계에도 미쳐 결국 출판이 연기되고, 지금 이 후기는 2020년이 끝나려 하는 12월 27일에 쓰고 있습니다. 처음 원고를 쓴 이후 지금까지 8개월 동안 다른 원고를 쓰고 있었기 때문에 이 책과는 잠시 거리를 두고 있었지만, 사강과 멀어지는 일은 없었습니다. 멀어지기는커녕 평소보다 훨씬 더 사강을 절실히 필요로 했습니다.

코로나의 먹구름이 세상에 두텁게 드리운 지금, 유일하게 제가 스스로 부여한 과제는 아무리 힘들어도, 아무리 슬퍼도, 내가 살고 있는 지금 이 시대를, 인간을 '자세히 들여다보자'라는 것입니다.

이를 위해서는 저 자신의 축을 지켜야만 하는데 종종 흔들렸고, 그럴 때마다 저를 지지해준 것이 사강의 말들이었습니다. 팬데믹은 다양한 방면에서, 다양한 장소에서, 사람의 본질을 들춰내고 있습니다.

저는 이번 코로나 사태로 주변 사람들이 가진, 이제까지는 몰랐던 면을 보았습니다. 그리고 실감했습니다. 같은 환경에 있으면서 같은 정보를 공유해도 무엇을 느낄 것인가. 위험성, 안전성, 낙관, 비관, 그 모든 것들은 개인의 감수성과 성격이 좌우한다는 사실을 말입니다. 또한 직접적으로는 알지 못하는 다양한 분야의 전문가들이, 다양한 의견을 말하고 있습니다.

어떤 사람의 의견을 받아들이느냐, 이때 제가 한 가지 기준으로 삼는 것은 지성입니다. 그 사람이 지성 있는 사람인가 아닌가.

저는 사강의 지성에 대한 생각에 동의하기 때문에, 이 책에서도 사강의 지성을 중요한 테마로 삼았습니다. 지성은 그 사람의 문장, 말투, 시선 등에 드러납니다. 사강의 지성에 대한 말을 꼼꼼히 읽어보면 제 나름의 판단이 가능해집니다.

사강이 말하는 '선악의 모호함', 이것에 대해서도 다시금 생각해보고 있습니다.

도덕성의 문제입니다.

무엇이 선이고, 무엇이 악인가. 무엇이 옳고, 무엇이 그른가. 무엇을 믿어야 하는가, 무엇을 믿고 싶은가. 혼란스러운 상황 속에서 제가 품고 있는 사강의 말이 있습니다.

아름다움이야말로 유일한 도덕이다.

저는 팬데믹 상황 속에서도 특별한 일 없이 그저 살아남아 글을 쓰는 개인적인 활동을 했지만, 어떤 위치에 있었느냐고 묻는다면 이 말에 집약되어 있을지도 모르겠습니다.

팬데믹 속에서는 집단 광기를 경계하는 것도 중요합니다.

혼자만의 광기는 그 사람의 사정이 있을 테니 어쩔 수 없지만 집단 광기는 아름답지 않습니다. 저는 그렇게 생각하기 때문에 제가 아름답지 않다고 생각하는 집단 가운데 한 사람은 되고 싶지 않습니다. 급격한 생활의 변화로 제 주위에도 정신적으로 문제가 있는 사람이 적지 않습니다.

저는 원래 통근을 하는 터라, 코로나 사태에도 생활에 큰 변화가 없어 그다지 영향을 받지 않을 거라고 생각했지만, 그렇지 않았습니다. 세계를 뒤덮은 불안, 음울함, 암담한 공기가 조금씩 저를 침식하고 있었습니다. 그 분위기에 젖어 침울해 있을 때 "불행은 품위가 떨어진 상태"라는 사강의 말을 떠올렸습니다. 그리고 제약 가운데에서도 개인적인 기쁨을 소중히 하자고 생각했습니다. 품위를 떨어뜨리지 않기 위해서. 그렇게 스스로를 다잡으며 정신의 암울함에서 벗어났습니다. 몇 번이고 저 자신을 다잡았습니다.

그런 정신 활동을 하는 동안에는 사강이 특히 중요시 생각한 '웃음'의 중요성을 통감했습니다. 크게 웃은 뒤에는 머리도 가슴도 기분이 좋아져서 "인간관계의 열쇠는 웃음을 공유할 수 있느냐 없느냐"라고 했던 사강의 말을 통감했습니다.

기쁨도 웃음도 인간은 우선 마음에서 출발합니다.

예를 들어 전쟁 중에도 사람들이 예술과 아름다움을 찾고자 하고 유머를 잃지 않음으로써 난국을 헤쳐나갔다는 과거의 무수한 사례를 생각하더라도, 지금 이 시대를 살아내기 위해 무엇이 필요한가를 생각했을 때, 마음이 얼마나 윤택한가에 달렸다고 생각합니다.

나는 무엇을 할 때 가장 마음이 놓이는지, 무엇을 하면서 품위를 지킬 수 있는지, 무엇을 하는 동안 살아 있다는 실감을 얻을 수 있는지, 그런 것들을 말입니다.

그리고 고독.

인간과 인간의 접촉 자체가 죄악시되고 정신적으로 가혹한 상황 속에서, 얼마나 많은 사람이 고독에 떨고 있을까요. 사강의 말처럼 인간 존재란 고독의 동의어입니다. 그러니 고독한 것은 당연하지만, 되도록 고독을 느끼지 않으며 살고 싶습니다.

사강과 마찬가지로 저에게도 혼자 보내는 시간과 고독은 완전히 다른 문제입니다. 혼자서 시간을 보내도 자기 자신과 제대로 보낼 수 있을 때, 내가 나와 함께 보낼 수 있을 때는 고독을 느끼지 않습니다. 그렇다면 어떨 때 고독을 느끼는가. 내가 나를 잃고, 나 자신과 함께 지닐 수 없을 때입니다. 그럴 때는 누군가 다른 사람이 그리워져서 견딜 수 없이 외로워집니다. 고독에 짓눌리게 됩니다.

절망은 밤보다 아침에 오지만, 고독은 밤에 찾아옵니다.

그런 밤, 가만히 다정하게 다가오는 것이, 마찬가지로 고독을 견디는 걸 두려워했던 사강이었습니다.

저와 사강의 만남은 35년 정도 전으로 거슬러 올라갑니다.

제 서재 한 편에는 사강의 책들을 모아놓았는데, 대략 30여 권 정도입니다. 그 책들을 저는 인생의 다양한 국면에서 몇 번이고 반복해서 읽었습니다. 사강이 세상을 떠난 2004년 가을, 저는 38세였습니다. 그 소식을 들었을 때, 저를 지켜주던 몇 개인가의 기둥이 하나, 확실히 사라졌다고 느꼈습니다. 그날 밤의 공기와 창밖의 풍경까지 선명히 기억하고 있습니다.

2009년 여름, 사강의 전기 영화 〈사강〉이 개봉했을 때 저는 극장을 찾았습니다. 마음이 크게 동요하는 바람에 눈물이 끊임없이 쏟아져 한동안 자리를 떠나지 못했습니다. 영화 자체에 감동했다기보다는 거기에 사강이라는 사람이 있다는 사실, 그것만으로도 저에게는 충분해서 제가 정말로 이 사람을 좋아한다는 사실을 깨달았던 겁니다. 그래서 2010년 가을에 『사강이라는 삶의 방식サガンという生き方』을 출판하게 되었을 때 무척 기뻤던 기억이 납니다.

그 후로 10년이 흘렀습니다.

사강의 말을 모은 책을 출판할 수 있게 된 데 감개무량한 마음이 드는 것은 사강이 저에게 중요한 작가라는 이유 외에도, 지금 이와 같은 시대에야말로 사강의 말이 필요한 사람이 있다고 느끼기 때문입니다. 이 책의 출판은 '어지러운 상황 속에서 내가 할 수 있는 일' 가운데 하나라고 믿고 있습니다. 이 책을 담당한 편집자는 온라인 미팅을 하던 중에 진지한 표정으로 이렇게 말했습니다. ……사강이 보듬은 고독을 많은 사람에게 전하고 싶다고.

누구나 고독하다.

태어나서 죽을 때까지 쭉 그렇습니다. 알고 있지만, 아무리 사랑하고 사랑받아도 인간은 고독하다는 데에 슬픔을 느끼고 있습니다. 그러므로 고독을 느끼지 않고 있을 수 있는 시간이 무척 소중합니다.

저와 같은 생각을 하는 당신에게 이 책을 바칩니다.

사강이 좋아하는 베토벤 7중주곡이 흐르는 도시의 방에서
2020년 12월 27일 야마구치 미치코

프랑수아즈 사강 연표

1935년 19세 6월 21일 프랑스 카자르크에서 태어난다.

1954년 20세 소설 『슬픔이여 안녕^{Bonjour tristesse}』이 세계적인 베스트셀러가 된다.

1956년 21세 소설 『어떤 미소^{Un certain sourire}』

1957년 22세 소설 『한 달 후, 일 년 후^{Dans un mois, dans un an}』, 교통사고로 중태에 빠진다.

1958년 23세 기 쇼엘러와 결혼한다.

1959년 24세 소설 『브람스를 좋아하세요...^{Aimez-vous Brahms...}』

1960년 25세 카지노에서 번 800만 프랑으로 별장을 구입한다. 기 쇼엘러와 이혼한다.

1961년 26세 밥 웨스토프와 두 번째 결혼을 한다. 소설 『신기한 구름^{Les merveilleux nuages}』

1962년 27세 아들 드니가 태어난다.

1963년 28세 밥 웨스토프와 이혼, 동거는 이어간다.

1964년 29세 에세이 『독약^{TOXIQUE}』, 희곡 『행복, 홀수번호, 패스^{Bonheur, impair et passe}』

1965년 30세 소설 『항복의 나팔^{La chamade}』

1968년 33세 소설 『마음의 파수꾼^{Le garde du coeur}』

1969년 34세 소설 『찬물 속 한 줄기 햇빛^{Un peu de soleil dans l'eau froide}』

1971년 36세 피임과 임신 중절의 권리를 주장하는 '343인 선언'에 서명한다.

1972년 37세 소설 『영혼의 푸른 멍^{Des bleus à l'âme}』, 밥과 동거 생활을 청산한다.

1974년 39세	소설 『잃어버린 프로필Un profil perdu』, 대담집 『답변들Réponses』
1975년 40세	단편집 『비단 같은 눈Des yeux de soie』, 췌장염 수술 후 알코올 금지 처분.
1977년 42세	소설 『흐트러진 침대Le lit défait』
1978년 43세	희곡 『밤낮으로 날씨는 맑고Il fait beau jour et nuit』
1980년 45세	소설 『사냥개La chien couvhant』
1981년 46세	소설 『화장한 여자La femme fardée』, 단편집 『무대 음악Musiques de scènes』
1983년 48세	소설 『고요한 폭풍우Un orage immobile』
1984년 49세	에세이 『내 최고의 추억과 더불어Avec mon meilleur souvenir』
1985년 50세	소설 『지루한 전쟁De guerre lasse』, 미테랑 대통령과 콜롬비아 방문에 동행한다. 고산병으로 중태에 빠진다.
1987년 52세	소설 『핏빛 수채물감Un sang d'aquarelle』, 전기 『사라 베르나르, 깨뜨릴 수 없는 웃음Sarah Bernhard: Le rire incassable』
1989년 54세	소설 『끈La laisse』
1991년 56세	소설 『평계Les faux-fuyants』
1992년 57세	대담집 『응수들Répliques』, 희곡 『행복, 홀수번호, 패스Bonheur, impair et passe』
1993년 58세	소설 『…그리고 내 모든 공감Et toute ma sympathie』
1994년 59세	소설 『지나가는 슬픔Un chagrin de passage』
1995년 60세	코카인 복용 및 소지로 유죄 판결을 받는다.
1996년 61세	소설 『방황하는 거울Le miroir égaré』
1998년 63세	에세이 『어깨 너머로 돌아보다Derrière l'épaule』
2004년 69세	9월 24일, 옹플뢰르에서 심장병과 폐질환으로 사망한다. 부모님, 오빠, 페기가 잠들어 있는 고향 카자르크 묘지에 묻힌다.

프랑수아즈 사강 연표

옮긴이의 말

내가 가장 고독했을 때는 어린아이 시절이었다. 지금은 돌아가셨지만 반짝이는 은빛 머리칼을 둥글게 뒤로 말아 갈치처럼 빛나는 은비녀를 정갈하게 꽂으시던 할머니 댁에서 나는 자랐다. 다정한 분이었지만 말수가 적으셨고, 종종 내 손을 잡고 동네 구멍가게로 가서 과자를 사주셨지만 그 이상의 교감을 나눈 기억은 없다. 나는 주로 혼자였고 탐험가처럼 집 앞 담벼락을 타고 올라가 세상을 다른 각도에서 보기를 즐겼으며 아이 걸음으로 한 시간쯤 걸리는 유치원에서 멍하니 다른 아이들이 노는 모습을 지켜보았다. 숫기 같은 건 없었고 모르는 인간에게 먼저 말을 거는 일은 있을 수도 없었다. 누가 말이라도 걸라치면 토마토 주스를 뒤집어쓴 것처럼 온몸이 붉게 타올랐는데, 그게 또 부끄러워 사람을 멀리했다. 세상에 존재하는 모든 수동적이고 내성적인 형용사를 끌어모은 형태가 나였다. 어쩌면 그 모습이 나의 본질일까. 어른이 되면서 각고의 노력으로 마음을 다스려 얼굴 빨개지는 병이 치유가 되기는 했지만, 여전히 모르는 사람 앞에서 나는 몹시 서툴다.

지금도 기억난다. 유치원에서 할머니 집까지 왕복 1차선

도로 옆 일직선으로 쭉 뻗은 길을 하염없이 걸으며 하늘과 나무와 집과 자동차와 보도블록을 바라보던 일. 이상하게 유치원과 아이들은 조금도 기억나지 않는데 그 길만큼은 어제처럼 생생하다. 그 시절 나는 관찰자였다. 몸 전체가 눈으로 뒤덮여 있었고 입은 없었다. 아니, 입이나 다른 기관은 눈 뒤에 숨어 조심스레 세상을 살피고 있었을까. 살면서 그때가 제일 고독했다. 하지만 슬프거나 불행한 기분은 아니었다. 사실은 조금 들뜰 정도로 기쁘게 고독했다. 가끔씩 꽃잎이나 낙엽이 지던 은은한 크림색 보도블록 위에서, 일곱 살의 나는 어렴풋이 고독의 기쁨을 알았다. 이 길은 이제부터 바다야, 발밑으로 작은 물고기들이 떼 지어가네, 방금 한 마리 폴짝 뛰어올랐다, 자갈처럼 물방울이 튀었어, 바다에 빠지면 안되니까 깃털처럼 사뿐사뿐 걷자, 엇, 도로에 미끈한 돌고래가 나타났어, 무서운 속도로 나를 앞질러 간다, 하지만 아름다워, 햇살 아래 반짝이며 조금도 멈춤 없이 헤엄쳐간다……. 그 길은 나의 바다이자, 숲이자, 우주였다. 그때 나는 고독의 놀이터에서 노는 법을 알게 되었다. 고독은 나에게 가장 좋은 놀이였다.

어쩌면 인간은 모두 한때 그런 시절을 보내는 게 아닐까. 기억하든 기억하지 못하든. 우리는 이미 어머니 배 속에서 오랫동안 혼자였다가 고독 속에 태어난다. 그리고 유년 시절에, 아무도 모르게 자기만의 놀이터를 갖는 것이다. 혼자 생각하고 혼자 상상하는 고독의 놀이터를. 그러나 자라면서 조금씩 그 공간이 침식당하고, 어른이 되면 언제 그랬느냐는 듯 까맣게 잊고 마는 것은 아닐까. 학교를 졸업하고 어른이 되어 자기가 속한 사회를 인지하는 순간, 그 사회 속에서 살아남아야 한다는 현실을 깨닫는 순간, 혼자가 되는 것을, 외톨이가 되는 것을, 남들과 다르게 사는 것을 두려워하게 되는 것은 아닐까. 그러고 보면 고독이란, 상상력의 침식과 함께 변질하는 세계인지도 모른다. 어른들의 세계에서 고독은 우울하고 탁한 빛을 띠지만, 아이들의 세계에서는 갓 짜낸 우유처럼 맑은 빛을 띤다. 아직 아이처럼 혼자서 뭐든 상상할 수 있는 동안에는, 고독도 즐겁다. 즐거운 힘이다. 상상력의 세계다.

고독을 업으로 삼는 사람들도 있다. 창조적인 일을 하는 사람, 세상에 없던 것을 만들어내는 사람은 컴컴한 심연에 갇힌 것처럼 순도 높은 고독의 시간이 필요하다. 만약 우리가 시인이나 소설가가 되었다면, 가장 먼저 해야 할 일은 혼자가 되는 것이다. 누구나 가지고 있는 언어를 도구로 쓰지만, 책으로 나만의 세계관을 펼쳐 보이고자 했을 때 필수 요건은 쓸쓸해지는 일이다. 나를 세상에서 뚝 떨어뜨려 외톨이로 만드는 작업. 그것 없이는 한 발짝도 나아가지 못한다. 늘 누군가가 옆에 있어야 하고 계속해서 휴대폰을 만지작거려야 한다면 당신은 다른 직업을 선택해야 한다. 외따로 떨어져 혼자만의 섬으로 침잠해 들어가는 가운데 손톱만 한 아이디어의 비늘을 반짝인다. 반짝, 하는 그 순간을 채집하지 못하면 허무하게 사라지고 마는 것이 영감이고 글감이다. 우리가 고독하지 않다면, 제아무리 셰익스피어의 재능을 가졌다 한들 수천수만의 비늘 가운데 단 한 개도 만져보지 못하고 생을 마감하리라.

따지고 보면 세상 모든 직업도 고독 없이 이루어지지 않는다. 화가도 음악가도 건축가도 요리사도 만화가도 자기만의 분야로 파고 들어가는 고독의 문을 통과해야만 그것을 업으로 인정받는다. 고독이라는 수프 속에 오래 몸을 담근 사람만이 좋은 창조물을 낸다. 인간을 감동하게 하는 작품을 낳는다. 고독을 사랑하는 사람만이 가능한 일이다. 이때 고독은 몰입의 다른 말이리라. 무언가에 완전히 몰입하는 순간, 우리는 혼자이면서 전부가 되고 차가우면서 뜨거워진다. 내 안에서 나만의 것으로도 내가 이미 충족되는 상태. 그때 그 자리에서는 엄청난 에너지가 솟구친다. 그 에너지가 그림이 되고 음악이 되고 소설이 되는 것이리라. 몰입의 축복이다. 고독의 선물이다.

사강도 고독을 사랑했다. 그렇지 않았다면 열일곱 살에 데뷔작을 쓴 후 죽는 날까지 글을 쓸 수는 없었을 것이다. 다만 사강이 소설 속에서 다루는 고독은 조금 다른 층위의 문제였다. 관계 속의 고독. 커뮤니케이션의 단절에서 오는 고독. 군중 속에서 자기 혼자만 다르게 세상을 보고 느끼고 이해하고 있다는 외로움. 세상 사람들 속에서 자기 인생의 위치와 방향이 뜻대로 놓이지 않았을 때 느끼는 두려움. 말하자면 인간관계라는 줄다리기에서 느끼는 고독이었다. 사강의 첫 작품

옮긴이의 말

『슬픔이여 안녕』에서 열일곱 살의 세실이 고독한 이유도 거기 있었다. 가장 가깝다고 생각했던 아버지와도 어느 순간부터 말이 통하지 않고, 아버지와 재혼을 앞둔 여성 안과의 사이에는 해머를 가져온다 해도 깰 수 없을 만큼 두꺼운 벽이 생긴다. 같은 언어를 쓰고는 있지만 콘크리트 벽 이쪽에서 저쪽으로 서로 이해 못 하는 말들이 쌓여간다. 무리 속에서 나만 혼자 소통하지 못하고 있다고 느낄 때, 우리는 고독감을 느낀다. 그것이 가까운 사이나 가족일 때는 더더욱. 세실의 계략에 따라 안이 아버지의 배신에 눈물을 흘리며 그들 곁을 떠나갈 때, 그제야 세실은 안에게도 자신처럼 나약하고 순수했던 어린 시절이 있었음을 깨닫는다. 그때 비로소 세실은 안을 이해하지만 무너진 관계는 회복 불가. 안과의 관계가 돌이킬 수 없이 끊어져버리자, 세실은 사랑했던 시릴마저 밀쳐내고 혼자 고독에 잠긴다. 관계의 줄다리기가 균형을 잃고 틀어졌을 때 인간에게 얼마나 큰 내상을 남기는지, 그것이 얼마나 무서운지 사강은 알고 있었다.

소설 『브람스를 좋아하세요...』는 폴과 로제와 시몽, 세 남녀가 펼치는 사랑의 줄다리기를 다룬다. 폴과 로제는 연인 사이지만 자유로움을 큰 가치로 두는 중년 남성 로제는 밤마다 폴을 집에 데려다주고는 하이에나처럼 파리 거리로 나선다. 남겨진 서른아홉 살의 여성 폴은 매일 밤 잠에 들 때마다 외로움을 느낀다. 침대에 함께 누울 사람, 잠에 들고 깰 때 그녀의 온기를 필요로 할 누군가를 그리워한다. 하지만 아무도 자신을 필요로 하지 않는다는 생각에 사로잡힌다. 어쩌면 연인인 로제조차도. 그렇게 매일 밤마다 그녀는 고독을 곱씹는다.

그런 폴 앞에 스물다섯 살의 잘생긴 청년 시몽이 나타난다. 시몽은 첫눈에 폴을 사랑하지만 폴이 로제를 사랑한다는 사실도 알고 있다. 로제를 사랑하는 폴이 늘 외로움에 지쳐 있는 모습이 가슴 아프다. 시몽은 폴에게 말한다. 당신에게 고독형을 선고한다고.

가장 지독한 형벌, 고독형. 폴과 로제와 시몽, 세 사람은 결국 모두 이 지독한 형벌을 받게 되는데, 사랑은, 사랑이란 언제나 이 끔찍한 고독형을 품고 있는 관계가 아닌가. 사랑하면 사랑할수록 인간은 반드시 꼭 한 번은 끔찍한 고독형을 언도받는다. 최소한 한 번은 죽음이라는 이별을 겪게 될 테니. 사강은 사랑이라는 관계로 얽히고설킨 특유의 고독을 잘 다루었다. 그것은 아마도 사강 자신이 사랑을 매개로 한 인간관계의 역학에 매우 민감한 사람이었기 때문일 것이다. 작가 본인이 사랑이 주는 고독형을 사형보다 고통스럽게 받아들였기에 이러한 작품들을 남길 수 있었으리라. 사강은 다양한 인간 군상들이 외로움에 이리저리 떠밀리는 소설을 써나가며 자기 내면에 일렁이는 슬픔을 잠재우고자 했을지도 모른다. 고독하기 때문에, 슬픔의 파고에서 서핑을 타는 기분으로 인물들을 만들어내는 것이리라. 자신이 되고 싶은 인물을, 자신이 미워하는 인물을, 자신이 너무도 사랑하는 인물을. 사강의 소설이 재미있는 이유는 이런 생생한 인물들을 따라가며

옮긴이의 말

'즐겁게 고독한' 기분을 만끽할 수 있기 때문이다. 어린아이 시절에 우리가 느꼈던 바로 그런 경쾌함을 말이다.

어젯밤에는 지금의 나와 가장 가까운 관계에 놓인 누군가에게 이런 질문을 해보았다. "당신은 언제 제일 고독해?" 그러자 이런 대답이 돌아왔다. "음, 내 인생에서 가장 고독한 날은 아직 오직 않은 것 같아. 내가 진짜로 고독할 때, 그때는 내가 백발이 된 어느 날이 아닐까. 말벗조차 없고, 마음대로 움직일 수도, 생각한 대로 입을 열 수도 없을 때, 그럴 때 내 기억 속 추억들이 주마등처럼 스치고, 행복이든 불행이든 이미 벌어진 일들을 다시 호출하며 과거를 더듬더듬 되짚어보는 순간, 그 순간이 아마도 내 인생에서 고독의 정점일 거야. 주파수가 잘 안 잡히는 라디오를 틀어놓고 내가 원하는 채널을 잡기 위해서 미세하게 조금조금 조종해가는 것처럼, 그렇게 과거의 추억들을 길어 올리는 그 순간. 근데 그때 그 고독은 왠지 무척 기분 좋고 편안할 것 같지 않아?"

백발의 고독과 어린아이의 고독은 기분 좋은 길로 통하는 것일까. 잘은 모르겠지만, 어쩐지 사강의 모습에서 보도블록을 바다라고 상상하는 일곱 살 어린아이가, 은빛 머리칼을 매만지며 과거를 더듬어보는 백발의 노인이, 또 사랑의 줄다리기에 몸을 내맡기며 울고 웃는 연인들이 모두 조금씩 엿보인다. 『사강의 말』을 덮으며, 나는 조용히 되뇌어본다. "그래, 결국은 그거다. 고독을 길들이자. 나의 고독을 나에게 맞게끔 길들여보자. 좋아하는 것들로 가득 채워 몰입하자. 그렇게 외로움의 파도를 즐길 수만 있다면, 뭐든, 무엇이든 두렵지 않으리라."

늦여름 책상에서

정수윤

야마구치 미치코 山口路子

1966년 일본에서 태어났다. 야마구치 미치코는 '뮤즈', '말과 만남', '그림과 관계' 등의 테마를 중심으로 여러 시리즈 책을 출간했다. 주요 저서로는 미술 에세이 『뮤즈의 사랑 : 화가의 사랑을 받은 모델들』, 『미남자 미술관』, 소설 『가루이자와 부인』, 『뮤즈』 등이 있다. 또한 『코코 샤넬이라는 삶의 방식』을 비롯해 사강, 샤넬, 먼로, 헵번 등 세상에 영향을 미친 여성들에 관한 '삶의 방식' 시리즈를 썼는데, 특히 이후에 출간한 '말 시리즈'는 많은 여성들의 공감을 얻으며 40만 부 이상 판매되었다. 『사강의 말』은 '말 시리즈'의 가장 최신 작품이다. 2015년부터는 낭독과 음악이 함께하는 「이야기와 노래의 콘서트」와 대화를 통해 삶에 윤기를 주는 '야마구치 미치코의 뮤즈 살롱'을 열고 있다.

옮긴이 정수윤

경희대학교를 졸업하고 와세다대학 대학원에서 일본근대문학 석사학위를 받았다. 다자이 오사무 전집 중 『만년』, 『신햄릿』, 『판도라의 상자』, 『인간실격』, 아쿠타가와 류노스케 평론집 『문예적인, 너무나 문예적인』, 미야자와 겐지 시집 『봄과 아수라』, 이바라기 노리코 시집 『처음 가는 마을』, 사이하테 타히 시집 『밤하늘은 언제나 가장 짙은 블루』, 오에 겐자부로 강연록 『읽는 인간』, 이노우에 히사시 희곡 『아버지와 살면』 등을 번역했고, 일본 산문선 『슬픈 인간』을 엮고 옮겼다. 저서로 장편동화 『모기소녀』, 산문집 『날마다 고독한 날』이 있다.

사강의 말 : 삶은 고독과 사랑으로 가득 차 있다

1판 1쇄 발행 2021년 9월 15일

지은이 | 야마구치 미치코
옮긴이 | 정수윤
펴낸이 | 송영석

주간 | 이혜진
기획편집 | 박신애 · 최예은 · 조아혜
외서기획편집 | 정혜경 · 양한나 · 송하린
디자인 | 박윤정 · 기경란
마케팅 | 이종우 · 김유종 · 한승민
관리 | 송우석 · 황규성 · 전지연 · 채경민

펴낸곳 | (株)해냄출판사
등록번호 | 제10-229호
등록일자 | 1988년 5월 11일(설립일자 | 1983년 6월 24일)

04042 서울시 마포구 잔다리로 30 해냄빌딩 5 · 6층
대표전화 | 326-1600 **팩스** | 326-1624
홈페이지 | www.hainaim.com

ISBN 979-11-6714-510-9 03830